X

22929

M. T. CICÉRON.

DISCOURS

CONTRE

L. C. PISON.

LATIN-FRANÇAIS EN REGARD;

PAR DE WAILLY, DE L'INSTITUT;

NOUVELLE ÉDITION,

Revue, corrigée et augmentée d'un Argument,
d'une courte analyse de chaque chapitre, et de
remarques concernant l'Histoire, la Géogra-
phie, etc.

PAR UN ANCIEN PROFESSEUR.

PARIS,

DE L'IMPRIMERIE D'AUGUSTE DELALAIN,
LIBR.-EDITEUR, rue des Mathurins-St.-Jacques, n. 5.

1827.

Toute contrefaçon de cet Ouvrage sera poursuivie conformément aux lois.

Toutes mes Éditions Classiques sont *stéréotypées d'après un procédé qui m'est particulier, et d'une supériorité incontestable*, sous le rapport de l'exécution, de la correction, etc. : elles sont revêtues de ma griffe.

Auguste Delalain

ARGUMENT.

—

Sous le consulat de Pison et de Gabinius, P. Clodius, tribun du peuple, proposa contre Cicéron une ordonnance injurieuse. Au lieu de s'y opposer, selon le pouvoir que leur donnait la charge de consul, ceux-ci favorisèrent les efforts criminels du tribun, et ses entreprises pernicieuses contre la République. Banni par cette ordonnance de Clodius, Cicéron demeura seize mois entiers dans le lieu de son exil. L'injure qu'il avait reçue de Pison et de Gabinius lui était trop sensible, pour qu'il en perdît aisément la mémoire : aussi, lorsque le consul Lentulus l'eut fait rappeler dans sa patrie, il parla contre eux dans toutes les occasions qui se présentèrent, et surtout dans le sénat, au sujet des *Provinces Consulaires*. Tel fut l'effet de sa harangue, qu'en vertu d'un sénatus-consulte, Pison se vit dépouillé du gouvernement de la Macédoine, et Gabinius de celui de la Syrie. De retour à Rome, Pison, furieux, se plaignit d'autant plus amèrement dans le sénat, qu'il comptait sur l'appui de César, son gendre, alors gouverneur des Gaules. Cicéron ne laissa pas échapper cette nouvelle occasion de se venger : par ce discours, il répond à son ennemi, avec toute l'animosité et toute la force que l'éloquence peut employer contre les hommes méchans et corrompus. Les crimes publics de Pison, pendant son consulat et dans son gouvernement, fournissent une ample matière aux reproches que lui adresse l'orateur. Il expose ensuite les désordres de sa vie privée, ses débauches, ses méchancetés, ses cruautés, son avarice.

Cicéron prononça cette harangue dans le sénat, à l'âge de 52 ans, sous le second consulat de Cn. Pompée et de M. Crassus, l'an de Rome 698. Le sujet est dans le genre démonstratif, pour savoir si Pison est un scélérat ; le style est véhément et diffus.

Nota. Le commencement du Discours contre Pison, ne nous est point parvenu.

ORATIO

IN

L. C. PISONEM.

(L'exorde manque, ainsi que le commencement de la première partie des débats).

L'orateur reproche à Pison d'avoir séduit les Romains par son hypocrisie. Il lui refuse toute espèce de mérite, et soutient qu'il n'est parvenu aux honneurs que par surprise et à cause de ses ancêtres; tandis que lui (Cicéron), n'a dû la questure, l'édilité, la préture

I. Jamne vides, bellua (*a*), jamne sentis, quæ sit hominum querela frontis tuæ (*b*)? nemo queritur, Syrum nescio quem de grege novitiorum (*c*), factum esse consulem : non enim nos color iste servilis (*d*), non pilosæ genæ, non dentes putridi deceperunt : oculi, supercilia, frons, vultus denique totus, qui sermo quidam tacitus mentis est, hic in fraudem homines impulit; hic eos, quibus eras ignotus, decepit, fefellit, induxit. Pauci ista tua lutulenta vitia noveramus; pauci tarditatem ingenii, stuporem, debilitatemque linguæ :

(*a*) *Bellua*. Cicéron compare Pison à une bête, parce que ses crimes et ses passions l'avaient rendu comme stupide.

(*b*) *Frontis tuæ*, « de votre impudence », puisque votre visage dissimulé semblait promettre aux Romains un homme bien différent de ce que vous êtes réellement.

(*c*) *De grege novitiorum.* On appelait *novitius* un esclave qui ne faisait que d'arriver, et qui n'avait pas encore servi l'espace d'une année.

(*d*) *Color iste servilis.* La

DISCOURS

CONTRE

L. C. PISON.

(L'exorde manque, ainsi que le commencement de la première partie des débats).

qu'à la pureté de ses mœurs et à sa vertu. Comparant ensuite son consulat avec celui de son adversaire, il établit d'abord un contraste frappant entre la manière dont cette charge fut donnée à l'un et à l'autre.

I. Voyez-vous maintenant, bête féroce, comprenez-vous quelles sont les plaintes que l'on fait de votre impudence? personne ne se plaint de voir je ne sais quel Syrien (1) nouveau débarqué, élevé au consulat. Ce n'est point cette couleur servile; ce ne sont ni ces joues velues, ni ces dents pourries qui nous ont trompés : chez vous, les yeux, les sourcils, le front, en un mot, le visage tout entier, tacite interprète des sentimens pour l'ordinaire, voilà ce qui a trompé les hommes; voilà par où ceux à qui vous étiez peu connu, ont été séduits, abusés, induits en erreur. Peu d'entre nous connaissent vos vices honteux, la pesanteur de votre esprit, votre stupidité, la bassesse de vos expressions.

couleur noire, particulière aux nations asiatiques, et surtout aux Syriens. Elle était en partie celle du visage de Pison, comme l'orateur le dit plus bas.

(1) On donnait souvent aux esclaves le nom des nations dont ils tiraient leur origine. Quelques-uns pensent qu'il est ici question de Gabinius, gouverneur de la Syrie, et d'autres de Ventilius.

nunquam erat audita vox in foro : nunquam periculum factum consilii : nullum non modò illustre,
sed ne notum quidem factum aut militiæ, aut domi :
obrepsisti ad honores errore hominum (a), commen-
datione fumosarum imaginum ; quarum similë habes
nihil, præter colorem.

2. Is mihi etiam gloriabitur, se omnes magistratus sine repulsa assecutum ? mihi ista licet de me vera
cum gloria prædicare : omnes enim honores populus
Romanus mihi ipsi, homini novo, detulit. Nam, tu
quum quæstor es factus, etiam qui te nunquam vide-
rant, tamen illum honorem nomini mandabant tuo.
Ædilis es factus : Piso est à populo Romano factus (b),
non iste Piso. Prætura item majoribus delata est tuis :
noti erant illi mortui : te vivum pondum noverat quisquam. Me quum quæstorem in primis, ædilem priorem (c), prætorem primum cunctis suffragiis populus
Romanus faciebat ; homini ille honorem, non generi ;
moribus, non majoribus meis ; virtuti perspectæ, non
auditæ nobilitati deferebat.

3. Nam quid ego de consulatu loquar ? parto vis,
anne gesto ! Miserum me ! cum hac me nunc peste,
atque labe confero ? sed nihil comparandi causâ loquar ; attamen ea, quæ sunt longissimè disjuncta (c),
comprehendam. Tu consul es renuntiatus (nihil dicam

(a) *Errore hominum*, en
trompant les hommes par une
vaine apparence de probité,
ou plutôt par votre hypo-
crisie.

(b) *Piso est à populo Romano factus.* « Ce fut à un
Pison que le peuple Romain
donna cette charge ». La famille des Pisons était une des
plus anciennes de Rome. Un
des ancêtres de Calpurnius

était ce Pison, surnommé
Frugi, qui jouissait dans son
temps d'une grande réputation
d'honneur et de probité.

(c) *Ædilem priorem.* Il
n'y avait que deux édiles cu-
rules. Cicéron fut revêtu de
cette charge avec Césorinus,
comme on peut le voir dans
la première Verrine.

(d) *Longissimè disjuncta.*
hors de toute comparaison.

Jamais on n'avait entendu votre voix au barreau (1) ; jamais on n'avait fait épreuve de votre jugement. Vous n'étiez ni célèbre, ni même connu par aucun fait militaire ou domestique ; vous êtes parvenu aux honneurs par surprise, et à la recommandation de ces portraits enfumés (2), auxquels vous ne ressemblez que par la couleur.

2. Se vantera-t-il encore d'avoir obtenu toutes les magistratures, sans aucune opposition ? c'est à moi qu'il est permis de me donner cette gloire avec justice. C'est à moi-même que le peuple Romain déféra tous les honneurs, quoique je ne fusse qu'un homme nouveau. Pour vous, quand vous fûtes élu questeur, ceux mêmes qui ne vous avaient jamais vu, accordèrent cette charge à votre nom. On vous fit édile (3) : le peuple Romain donnait cette charge à un Pison, et non pas au Pison ici présent. De même la préture vous fut donnée à cause de vos ancêtres. Ces illustres morts étaient assez connus : et vous, quoique vivant, personne ne vous connaissait encore. Pour moi, quand, d'une commune voix, le peuple Romain me nomma questeur un des premiers, premier édile, premier préteur, c'était à l'homme et non à la famille ; à mes mœurs et non à mes ancêtres ; à ma vertu, qui lui était connue, et non au souvenir de ma noblesse, qu'il accordait cet honneur.

3. Car, que dirai je du consulat ? Voulez-vous que je détaille, ou comment il nous fut donné, ou comment nous l'avons exercé ? Que je suis malheureux d'entrer en comparaison avec ce misérable et cette peste de la République ! mais sans rien dire pour nous comparer, je ne laisserai pas de réunir des choses extrêmement éloignées. Vous fûtes nommé au consulat, (je ne dirai

Nos deux consulats, le mien, honorable sous tous les rapports ; le vôtre, plein d'horreurs et d'infamie.

(1) Les Romains se distinguaient par leur éloquence dans le barreau, soit en accusant, soit en défendant.

(2) On conservait dans les vestibules des grandes maisons, les images des ancêtres, que le temps noircissait, ainsi que la fumée produite par le feu qu'on y allumait.

(3) La charge d'Edile était à-peu-près ce que l'on appelle maintenant préfet de police. Ils étaient chargés de la sûreté publique.

gravius (*a*), quàm quod omnes fatentur) impeditis reipublicæ temporibus, dissidentibus consulibus Cæsare
et Bibulo, quum hoc non recusares, quin ii, à quibus
dicebare consul, te luce dignum non putarent, nisi
nequior quàm Gabinius, extitisses. Me cuncta Italia,
me omnes ordines, me universa civitas non priùs tabellâ, quàm voce (*b*), priorem consulem declaravit.

Énumération des services rendus au sénat et au peuple
Romain, par Cicéron, pendant son consulat : il a

II. Sed omitto, ut sit factus (*c*) uterque nostrûm :
sit sanè fors domina Campi (*d*) : magnificentius est dicere quemadmodum gesserimus consulatum, quàm
quemadmodum ceperimus. Ego Kalendis Jan. senatum et bonos omnes legis agrariæ (*e*), maximarumque
largitionum metu liberavi : ego agrum Campanum, si
dividi non oportuit, conservavi ; si oportuit, melioribus auctoribus (*f*) reservavi : ego in C. Rabirio (*g*),
perduellionis reo, quadraginta annis antè me consulem interpositam senatûs auctoritatem sustinui contra
invidiam, atque defendi : ego adolescentes bonos (*h*)

(*a*) *Nihil... gravius*, « rien
de plus rude, rien de plus que,
etc., » dans la crainte d'offenser César et Pompée qui
avaient contribué à faire
élever au consulat Pison et
Gabinius.

(*b*) *Non priùs tabellâ, quàm*
voce. « Plutôt de vive voix
que par suffrage », celui que
l'on donnait en écrivant sur
une tablette le nom du can-
didat.

(*c*) *Ut sit factus*, sous-
entendez *consul*.

(*d*) *Campi*, du champ de
Mars, où le peuple s'assem-
blait pour les élections.

(*e*) *Legis agrariæ*, de la
loi du partage des terres, que
Rullus, tribun du peuple,
avait proposée, relativement
au territoire de la Campanie.

(*f*) *Melioribus auctoribus*,
« à des personnages plus in-
tègres », à César et à Pompée.
César, durant son consulat,
avait fait porter une loi en
vertu de laquelle on l'avait
chargé du partage d'une por-
tion des terres de la Campanie. Par égard pour lui, l'o-
rateur fait entendre que ce
partage était devenu néces-
saire.

(*g*) *In C. Rabirio*, etc.

que ce que tout le monde avoue) dans les troubles (1) de la République, pendant les dissensions des consuls César et Bibulus ; et parce que vous consentiez que ceux qui vous proclamaient, ne vous jugeassent pas digne du jour, si vous n'aviez été plus méchant que Gabinius (2. Pour moi, toute l'Italie, tous les ordres, tous les citoyens, par acclamation en même temps que par suffrage, m'ont déclaré premier consul.

sauvé Rome du massacre et de l'incendie, par la dé= couverte de la conspiration de Catilina.

II. Mais je passe sous silence la manière dont nous avons été faits consuls : je veux que le hasard domine au champ de Mars. Il nous est bien plus glorieux de dire comment nous nous sommes comportés dans le consu- lat, que de dire comment nous l'avons obtenu l'un et l'autre. Aux Calendes de janvier (3), je délivrai le sénat et tous les gens de bien, de la crainte qu'ils avaient et de la loi du partage des terres, et des largesses exces- sives. J'ai conservé le territoire de la Campanie, s'il ne fallait pas en faire le partage ; si c'était une nécessité de faire ce partage, je l'ai réservé à des directeurs plus in- tègres. Dans l'affaire de C. Rabirius, accusé du crime de lèse-majesté, où le sénat était intervenu 40 ans avant que je fusse consul, j'ai soutenu contre l'envie, et j'ai défendu l'autorité de cet auguste corps. Plusieurs jeunes

Voyez, relativement à Rabi- rius, le discours que Cicéron a prononcé pour sa défense.

(h) *Adolescentes bonos.* Les enfans des proscrits, qui avaient éprouvé une si cruelle fortune sous la tyrannie de Sylla, lequel leur avait ôté le droit de briguer les magistra- tures : l'ayant réclamé, Ci- céron insista dans le sénat pour qu'ils continuassent à être privés de la délibération des Comices, ce qu'il obtint. Plusieurs l'ont blâmé de cette

action ; d'autres fondent son excuse sur ce vieil adage : *le salut du peuple est la loi su- prême.*

(1) Dans les troubles de la République, c'est-à-dire, pen- dant la guerre civile, lorsque Bibulus s'opposa aux desseins et à l'ambition de Jules César.

(2) Gabinius était un fa- meux débauché, que Cicéron ne pouvait souffrir, et contre lequel il invectivait en toute occasion.

(3) On donnait alors les

et fortes, sed usos eâ conditione fortunæ, ut , si essen t magistratus adepti , reipublicæ statum convulsuri viderentur, meis inimicitiis, nullâ senatûs malâ gratiâ , comitiorum ratione privavi.

5. Ego Antonium collegam , cupidum provinciæ , multa in republica molientem, patièntiâ atque obsequio meo mitigavi : ego provinciam Galliam , senatûs auctoritate, exercitu et pecuniâ instructam et ornatam , quam cum Antonio communicavi (a), quòd ita existimabam tempora reipublicæ ferre , in concione deposui, reclamante populo Romano : ego L. Catilinam , cædem senatûs , interitum urbis , non obscurè, sed palàm molientem, egredi ex urbe jussi ; ut, a quo legibus non poteramus, mœnibus tuti esse possemus : ego tela, extremo mense consulatûs mei intenta jugulis civitatis, de conjuratorum nefariis manibus extorsi : ego faces jam accensas ad hujus urbis incendium comprehendi, protuli, exstinxi.

Proclamé Père de la patrie, dans le sénat , il a vu cet illustre corps faire ouvrir les temples et ordonner des prières extraordinaires en sa faveur ; le témoignage unanime des citoyens a confirmé le serment qu'il fit ,

III. Me, Q. Catulus, princeps hujus ordinis , et auctor publici consilii, frequentissimo senatu parentem patriæ nominavit : mihi hic vir clarissimus , qui

charges de la République, et on changeait les magistrats.

(a) *Communicavi* pour *commutavi*. Plusieurs éditions portent même ce mot. La Macédoine était échue par le sort à Antoine, et la Gaule à Cicéron, qui crut devoir céder à son collègue cette dernièce province, en échange de la première. Comme la Gaule était beaucoup plus riche que la Macédoine , Antoine, accablé de dettes , en avait la plus grande envie, et Cicéron se montra d'autant plus fa-

gens, sages et vertueux, mais qui avaient éprouvé de
si grands revers de fortune, que s'ils eussent obtenu des
magistratures, ils auraient peut-être cherché à renverser
l'état de la République, ont été, par mes soins, et sans
qu'on pût en accuser le sénat, privés de la délibération
des Comices.

5. Antoine, mon collègue, demandait avec trop
d'ardeur un gouvernement, et formait plusieurs desseins dans l'État : j'ai su l'adoucir par ma patience et
ma complaisance. J'avais, de l'autorité du sénat, la
province de la Gaule, fortifiée d'une armée et bien pour-
vue d'argent; je l'ai échangée avec Antoine, parce que j'ai
cru que le bien de la République l'exigeait de moi, et je
m'en suis démis en pleine assemblée, malgré le vœu du
peuple Romain. Catilina tramait, non en secret, mais
publiquement, le meurtre du sénat, la ruine de la patrie;
je l'ai forcé de sortir de la ville, afin que si les lois ne
pouvaient nous garantir de ses coups, nous puissions
être en sûreté dans nos murs. Dans le dernier mois de
mon consulat (1), les poignards étaient levés pour égor-
ger les citoyens, je les ai arrachés des mains criminelles
des conjurés. Les flambeaux étaient déjà allumés pour
l'embrasement de Rome; je les ai saisis, je les ai mon-
trés au sénat (2), et les ai éteints.

que la République et la ville lui devaient leur conser-
vation. La manière glorieuse dont il a terminé
son consulat, lui a mérité l'approbation univer-
selle.

III. Quintus Catulus, prince du sénat et promoteur
de la délibération, m'a proclamé père de la patrie,
dans une nombreuse assemblée du sénat. Cet homme

cile, qu'il était à craindre,
que si Antoine s'en voyait
privé, il ne favorisât les pro-
jets de Catilina.

(1) Aux nones de décem-
bre, lorsqu'il fit périr dans
la prison cinq des conjurés.

(2) L'orateur emploie ici
l'effet pour la cause; car ce
ne furent pas les torches ar-
rachées des mains des conjurés, mais seulement leurs
lettres interceptées par le préteur L. Flaccus, qu'il apporta
dans le sénat.

* 1

propter te sedet, L. Gellius, his audientibus, civi-
cam coronam deberi a republica dixit: mihi togato
senatus, non ut multis bene gestæ, sed ut nemini,
conservatæ reipublicæ, singulari genere supplicationis,
Deorum immortalium templa patefecit. Ego quum in
concione, abiens magistratu (*a*), dicere a tribuno plebis (*b*) prohiberer, quæ constitueram, quumque is
mihi tantummodo ut jurarem permitteret, sine ulla
dubitatione juravi, rempublicam atque hanc urbem
meâ unius operâ esse salvam.

7. Mihi populus Romanus universus illa in concione non unius diei gratulationem, sed æternitatem
immortalitatemque donavit, quum meum jusjurandum
tale atque tantum, juratus ipse, unâ voce et consensu
approbavit. Quo quidem tempore is meus domum fuit
e foro reditus, ut nemo, nisi qui mecum esset, civium esse in numero videretur. Atque ita est a me
consulatus peractus, ut nihil sine consilio senatûs,
nihil non approbante populo Romano, egerim: ut semper in Rostris curiam, in senatu populum defenderim:
ut multitudinem cum principibus, equestrem ordinem
cum senatu conjunxerim. Exposui breviter consulatum
meum.

(*a*) *Abiens magistratu*, Quintus Metellus Népos, qui
« en sortant de charge, » le ne voulut pas permettre que
dernier jour de mon consulat, Cicéron parlât dans l'assem-
le premier des calendes de blée de ce qui s'était passé
janvier. sous son consulat, et qui
   (*b*) *A tribuno plebis.* même s'était placé à l'entrée

célèbre qui est assis auprès de vous, L. Gellius (1), a dit, en présence de tous ceux qui m'écoutent, que la République me devait une couronne civique (2). Le sénat a fait ouvrir les temples des dieux immortels, et ordonné des prières extraordinaires en ma faveur, non pas pour avoir bien servi la République, ce que j'ai de commun avec plusieurs autres; mais, ce qui n'est encore arrivé à personne, pour avoir sauvé la patrie sans quitter mon habit de ville (3). Lorsqu'à la fin de mon consulat, le tribun du peuple m'eut défendu de dire devant l'assemblée ce que j'avais réglé, me permettant seulement de jurer, je jurai, sans hésiter, que la République et cette ville avaient été sauvées par ma seule vigilance.

7. Tout le peuple Romain, dans cette assemblée, ne se contenta point de me donner des applaudissemens de peu de durée, il me combla d'une gloire immortelle, en approuvant tout d'une voix le serment public que je venais de faire, et jurant qu'il le confirmait. Mon retour de la place publique à ma maison fut alors tel, que l'on ne regardait comme de véritables citoyens, que ceux qui m'accompagnaient. Enfin, j'ai achevé mon consulat de manière que je n'ai rien fait sans consulter le sénat, sans mériter l'approbation du peuple Romain : que dans la tribune j'ai toujours défendu le sénat, que dans le sénat j'ai soutenu les intérêts du peuple; que j'ai réuni le peuple avec les grands, l'ordre des chevaliers avec le sénat. Voilà en peu de mots ce que j'ai fait dans mon consulat.

de la tribune aux harangues, pour l'empêcher d'y monter.

(1) Il avait été consul et censeur.

(2) La couronne civique se donnait à ceux qui avaient sauvé quelques citoyens.

(3) C'était la coutume de remercier publiquement les dieux pour quelque grand événement.

L'orateur passe au consulat de Pisoh. Il lui reproche de l'avoir commencé par faire célébrer des jeux contre l'autorité du sénat, et d'avoir souffert que Sextus Clodius y présidât en robe de magistrat, quoiqu'il

IV. Aude nunc, ô furia, de tuo dicere ; cujus fuit initium ludi Compitalitii, tum primum facti post L. Metellum et Q. Marcium consules, contra auctoritatem hujus ordinis : quos Q. Metellus (facio injuriam fortissimo viro mortuo, qui illum, cujus paucos pares hæc civitas tulit, cum hac importuna bellua conferam) sed ille designatus consul, quum quidam tribunus plebis suo auxilio magistros ludos (a) contra senatusconsultum facere jussisset, privatus fieri vetuit ; atque id, quod nondum potestate poterat, obtinuit auctoritate. Tu, quum in Kalendas Januarias Compitalitiorum dies incidisset, Sex. Clodium, qui nunquam antea prætextatus (b) fuisset, ludos facere, et prætextatum volitare passus es, hominum impurum, atque non modò facie, sed etiam oculo tuo (c) dignissimum.

9. Ergo his fundamentis positis consulatûs tui, triduo post, inspectante et tacente te, a P. Clodio, fatali portento prodigioque reipublicæ, lex Ælia et Fufia eversa est ; propugnacula muríque tranquillitatis atque otii : collegia (d), non ea solùm, quæ senatus

(a) *Magistros ludos.* Manutius pense qu'il faut lire *Magistros ludorum ludos*, etc., et Asconius, *Magistros vicorum*, ce qui paraît encore plus probable, attendu que le soin de faire célébrer les *fêtes compitales* devait regarder essentiellement les magistrats chargés de veiller à la police des quartiers où on les célébrait.

(b) *Prætextatus.* Le droit de porter la prétexte n'était

accordé qu'aux magistrats, ou à ceux qui faisaient célébrer des jeux, et jusqu'alors Sextus Clodius n'avait exercé d'autres fonctions que celles de secrétaire. C'est ce même Sextus qui fut le complice, le ministre et même l'exécuteur de tous les crimes reprochés à P. Clodius ; aussi l'orateur l'appelle-t-il plus loin *le chien* de ce dernier.

(c) *Oculo tuo.* On peut conjecturer, d'après cette

n'eût jamais été en charge. Il lui reproche aussi de
n'avoir opposé aucune résistance aux actes funestes de
P. Clodius, lorsque celui-ci abolissait des lois im-
portantes et anéantissait la sévérité de la censure.

IV. Osez maintenant, furie que vous êtes, parler du
vôtre. Vous le commençâtes par les jeux Compitali-
ciens (1) ; ce furent les premiers, depuis le consulat de
Métellus et de Marcius, que l'on célébra contre l'autorité de cet ordre. Métellus (mais c'est faire injure à la
mémoire de ce grand homme (2), dont cette ville a
produit peu de pareils, que de le comparer avec cette
bête odieuse), Métellus n'était encore que désigné consul, lorsqu'un tribun du peuple ordonna, de son autorité et contre la volonté du sénat, la célébration de ces
jeux : quoique simple citoyen, il s'y opposa : et ce qu'il
ne pouvait pas encore empêcher par sa dignité, il l'em-
pêcha par son crédit. Le jour de ces jeux s'étant ren-
contré au commencement de janvier, vous souffrîtes
que Sextus Clodius y présidât, quoiqu'il n'eût jamais
été en charge ; on voyait revêtu d'une robe de magistrat ce méchant homme si indigne de vos regards et de
votre complaisance.

9. Ayant donc établi de la sorte les fondemens de
votre consulat, trois jours après, P. Clodius, ce monstre
et cette peste fatale de la République, abolit en votre
présence, et sans que vous vous y opposassiez, la loi
Elia et la loi Fufia (3), qui étaient, pour ainsi dire, les
fondemens et les défenses du repos et de la tranquillité
publique. Non seulement vous rétablîtes les assemblées

expression, que Cicéron se
sert ici du singulier à dessein,
sans doute parce que Pison
avait quelque défaut dans les
yeux, et qu'il ne voyait peut-
être que d'un seul.

(d) *Collegia*, « les confrairies », que le sénat avait
supprimées, comme trop favorables aux rassemblemens séditieux.

(1) On avait jugé à propos
d'abolir les jeux Compitali-
ciens, que célébraient certaines confrairies de cordon-
niers, de pâtissiers, etc. et
qui étaient une occasion de
débauches et de séditions.

(2) Q. Métellus Céler, qui
mourut sous le consulat de
César et de Bibulus.

(3) Elles étaient fort an-

sustulerat, restituta sunt, sed innumerabilia quædam
nova, ex omni fæce urbis., ac servitio constituta : ab
eodem homine, in stupris inauditis nefariisque versato,
vetus illa magistra pudoris et modestiæ, severitas censoria (a) sublata est : quum tu interim, bustum reipublicæ, qui te consulem tum Romæ dicis fuisse, verbo
nunquam significaris sententiam tuam tantis in nau-
fragiis civitatis.

*Aucune excuse pour un consul qui se repose et s'endort
dans les plus grandes agitations de l'Etat. Les meilleurs réglemens furent ensevelis dans le sein du consulat de Pison. Il s'est réjoui en voyant Clodius faire
des levées d'esclaves, et le temple de Castor devenu*

V. Nondum, quæ feceris, sed quæ fieri passus sis,
dico : neque verò multùm interest, præsertim in consule, utrùm ipse perniciosis legibus, improbis concionibus rempublicam vexet, an alios vexare patiatur. An
potest ulla esse excusatio non dicam malè sentienti,
sed sedenti, cunctanti, dormienti in maximo reipublicæ motu consuli? Centum propè annos legem Æliam
et Fufiam tenueramus; quadringentos judicium, notionemque censoriam (b) : quas leges ausus est non nemo
improbus, potuit quidem nemo, convellere; quam
potestatem minuere, quò minùs de moribus nostris

ciennes. La première, qui avait pour auteur un tribun, nommé Ælius, donnait aux magistrats un moyen efficace de s'opposer aux lois perni-cieuses, en suspendant les délibérations des Comices, sous prétexte que les augures n'étaient pas favorables; la seconde, portée, à ce que l'on croit, par le consul Fufius, l'an 614 de la fondation de Rome, fixait certains jours où il n'était pas permis d'assem-bler le peuple, pour l'entre-tenir des affaires publiques. L'orateur les appelle *les fon-demens et les défenses du repos et de la tranquillité publique*, parce qu'elles op-posaient comme une digue à la multitude pernicieuse des lois tribunitiennes.

(a) *Severitas censoria*, la

que le sénat avait sagement supprimées; vous en éri-
geâtes même un grand nombre de nouvelles, formées
de gens de la lie du peuple et d'esclaves. C'est par le
même Clodius, livré à des impudicités inouies et tout-à-
fait horribles, que fut anéantie la reine de la pudeur
et de la modestie, je veux dire, la sévérité de la censure : et pendant ce temps, funeste tombeau de la République, qui vous vantez d'avoir été pour lors consul
de Rome, vous n'avez jamais proféré une seule parole
pour sauver la ville d'un si grand naufrage.

*la citadelle des vieux soldats de Catilina. Loin de
voler, avec tous les bons citoyens, au secours de Cicéron, il présidait aux conseils que l'on tenait pour
l'opprimer.*

V. Je ne dis point encore ce que vous avez fait, je
ne parle que de ce que vous avez toléré; mais c'est
presque la même chose, principalement dans un consul, d'opprimer soi-même la République par de perni-
cieuses lois, ou par des harangues funestes, ou de permettre que d'autres le fassent. Peut-il y avoir la moindre
excuse pour un consul, je ne dis pas mal intentionné,
mais qui se repose, qui diffère et qui s'endort dans les
plus grandes agitations de la République? Nous avions
gardé pendant près de cent ans la loi Elia et Fufia; les
jugemens et la jurisdiction des censeurs durant quatre
cents ans. Quelques scélérats osèrent tenter d'abolir ces
lois, personne n'en vint à bout; mais de diminuer cette
puissance (1), pour empêcher que tous les cinq ans on
ne jugeât de nos mœurs, personne avant Clodius n'avait

sévérité de la censure. Clodius en avait considérablement adouci la rigueur, en ordon-nant que personne ne pût être rayé des registres du sénat, sans avoir été entendu aupa-ravant par les censeurs réunis, et sans avoir contre lui le té-moignage unanime de ces ma-gistrats.

(b) *Notionemque censo-riam.* Quelques éditions por-tent *Notationem*, et d'au-tres, *rationem.*

(1) Le principal emploi des censeurs était de veiller sur la conduite des particuliers, pour empêcher les désordres

quinto quoque anno judicaretur, nemo tam effuse petulans conatus est (*a*).

11. Hæc sunt, ô carnifex! in gremio sepulta consulatûs tui. Persequere connexos his funeribus dies. Pro Aurelio tribunali, ne connivente quidem te, quod ipsum esset scelus, sed etiam hilarioribus oculis, quàm solitus eras, intuente, delectus servorum habebatur ab eo, qui nihil sibi unquam nec facere, nec pati turpe esse duxit : arma in templo Castoris (ô proditor templorum omnium!) vidente te, constituebantur ab eo latrone, cui templum illud fuit, te consule, arx civium perditorum, receptaculum veterum Catilinæ militum, castellum forensis latrocinii, bustum legum omnium ac religionum. Erat non solùm domus mea, sed totum Palatium senatu, equitibus Romanis, civitate omni, Italiâ cunctâ, refertum : quam tu non modò ad eum Ciceronem (mitto enim domestica, quæ negari possunt; hæc commemoro, quæ sunt palàm) non modò, inquam, ad eum, cui primam comitiis tuis (*b*) dederas tabulam prærogativæ, quem in senatu sententiam rogabas tertium, nunquam adspirasti; sed omnibus consiliis, quæ ad me opprimendum parabantur, non interfuisti solùm, verùm etiam crudelissimè præfuisti.

parmi les gens de mauvaises mœurs, et entretenir le calme dans la République.

(*a*) *Nemo... conatus est.* Quoi qu'en dise ici Tullius, le dictateur Mamercus Æmilius avait déjà essayé de diminuer cette puissance, en portant une loi pour que la censure, qui auparavant était exercée pendant cinq ans (*quinto quoque anno*), fût circonscrite dans l'espace de dix-huit mois. Les choses ne reprirent leur cours ordinaire que sous le consulat d'Appius Cæcus.

(*b*) *Cui primam comitiis tuis*, etc. « Auquel vous aviez donné la première tablette privilégiée, dans vos Comices, » c'est-à-dire, dans les Comices où vous présidiez; car il ne pouvait accorder à Cicéron une telle prérogative qu'en cette qualité. Les commentateurs ont longuement disserté sur ce mot, *tabulam prærogativæ* : nous avons suivi dans la traduction la

été assez corrompu et assez impudent pour essayer de le faire.

11. Tous ces réglemens, ô bourreau des lois, ont été ensevelis dans le sein de votre consulat. Continuez de célébrer les jours attachés à ces funérailles (1). Au tribunal d'Aurélius (2), non content de dissimuler, ce qui serait un crime, vous regardiez d'un air plus gai qu'à l'ordinaire, la levée d'esclaves qui se faisait par celui qui n'a jamais rougi ni de ce qu'il a fait, ni de ce qu'il a souffert d'infâme. On plaçait en votre présence des armes dans le temple de Castor (3); (ô perfide violateur de tous les temples)! c'était ce brigand pour qui ce temple fut, durant votre consulat, la citadelle des citoyens pervers, l'asile des vieux soldats de Catilina, la forteresse des brigands du barreau, le tombeau des lois et de tout ce qu'il y a de sacré. Non seulement ma maison (4), mais tout le mont Palatin était rempli par les sénateurs, par les chevaliers Romains, par tous les citoyens, et par l'Italie entière; tandis que vous seul (je ne parle point ici des faits domestiques que l'on peut nier; je ne rappelle que ce qui est public): vous seul, dis-je, non seulement ne parûtes point au secours de ce même Cicéron, auquel vous aviez accordé le droit de donner le premier son suffrage, dans vos Comices; auquel, dans le sénat, vous demandiez l'avis le troisième; mais même dans tous les conseils que l'on tenait pour m'opprimer, bien loin de vous contenter d'y être présent, vous y présidiez avec une cruauté inouïe.

sentiment de Manutius.

(1) Neuf jours durant les funérailles d'un citoyen Romain, on faisait des fêtes et l'on représentait des jeux.

(2) C'était Aurélius Cotta, préteur de Rome, qui avait fait construire ce tribunal sur la place publique.

(3) Le temple de Castor fut bâti par le dictateur A. Postumius, en reconnaissance d'une grande victoire remportée sur les Latins, l'an 258 depuis la fondation de Rome.

(4) La maison de Cicéron était sur le mont Palatin. Cette grande affluence de citoyens était occasionée par la conjuration de Catilina, chacun s'empressant alors d'aider le consul de ses avis et de ses moyens.

*L'orateur met au jour la fourberie et l'impudence de
Pison, qu'il représente en même temps livré à la plus*

VI. Mihi verò ipsi coram genero meo (*a*), propin-
quo tuo, quæ dicere ausus es? egere, foris esse Gabinium (*b*), sine provincia stare non posse, spem habere
à tribuno plebis, si tua consilia cum illo conjunxisses;
à senatu quidem desperasse (*c*): hujus te cupiditati ob-
sequi, sicuti ego fecissem in collega meo (*d*): nihil
esse quòd præsidium consulum implorarem: sibi quemque consulere oportere. Atque hæc dicere vix audeo:
vereor, ne qui sit, qui istius insignem nequitiam, frontis involutam integumentis, nondùm cernat: dicam
tamen: ipse certè agnoscet, et cum aliquo dolore flagitiorum suorum recordabitur.

13. Meministine, cœnum, quum ad te quintâ ferè
horâ cum C. Pisone venissem, nescio quo e gurgustio
(*e*) te prodire, involuto capite, soleatum? et quum isto
ore fœtido teterrimam nobis popinam (*f*) inhalasses,
excusatione te uti valetudinis, quòd diceres, vinolentis
te quibusdam medicaminibus solere curari? quam nos
causam quum accepissemus (quid enim facere potera-

(*a*) *Genero meo.* Pison,
surnommé Crassipède, époux
de Tullia, fille de Cicéron.

(*b*) *Foris esse Gabinium*,
« que Gabinius n'était pas
chez lui »; sans doute à cause
de ses créanciers, celui qui
doit ayant coutume de se cacher, et de faire dire qu'il
n'est pas au logis.

(*c*) *A senatu quidem desperasse*, « qu'à la vérité, il
désespérait du côté du sénat ».
Gabinius mettait tout son espoir dans un des tribuns du

peuple, pour obtenir le gouvernement d'une province,
comme un moyen assuré de
rétablir ses affaires; néanmoins le sénat, d'après les
lois ne pouvait s'opposer à
ce qu'il prît possession de ce
gouvernement, s'il réunissait
les suffrages du peuple. Il ne
s'agit donc ici que des honneurs, et surtout de l'argent
que le sénat seul pouvait
donner ou refuser à ceux qui
étaient désignés pour gouverner les provinces.

honteuse intempérance. Mot de cet infâme sur le consulat de Cicéron

VI. Mais à moi-même, que n'avez-vous pas osé me dire devant mon gendre, votre parent? que Gabinius était dans la disette; qu'il était hors de sa maison; qu'il ne pouvait subsister sans province; que le tribun du peuple lui donnait de l'espérance, pourvu que vous réunissiez vos desseins aux siens; qu'à la vérité il n'espérait rien du sénat; que vous vous conformiez à ses désirs, comme j'avais fait à ceux de mon collègue; qu'il était inutile que j'implorasse le crédit des consuls, et que chacun devait veiller à ses propres affaires. J'ose à peine faire ce récit; j'appréhende qu'il n'y ait quelqu'un qui ne démêle point encore assez son insigne fourberie, enveloppée sous les voiles de son effronterie : je le dirai pourtant, certainement il se reconnaîtra lui-même, et le souvenir de ses crimes lui causera quelque repentir.

13. Vous ressouvenez-vous, infâme, qu'un jour étant allé, vers la cinquième heure (1), vous trouver avec C. Pison (2), vous sortiez de je ne sais quelle taverne obscure, la tête enveloppée et en sandales (3); et qu'après que de votre bouche puante vous nous eûtes poussé une haleine très-infecte de vin, vous alléguâtes pour excuse votre santé, disant que vous la traitiez ordinairement avec des remèdes mêlés de vin? Après avoir reçu ce prétexte, car pouvions-nous faire autrement?

(d) *In collega meo*, « pour mon collègue ». C. Antonius, dont l'orateur fait mention dans le discours pour Sextius.

(e) *Gurgustio*, une habitation basse et étroite, un véritable trou.

(f) *Teterrimam popinam*, une odeur affreuse de taverne, provenant de la quantité de vin dont vous vous y étiez gorgé.

(1) Vers le midi.

(2) Ce même Pison Crassipède, dont il a été parlé plus haut.

(3) Les Romains ne s'enveloppaient la tête, qu'en temps de pluie, ou lorsqu'ils allaient dans quelque lieu peu décent; ils ne portaient des sandales que dans les festins.

mus ?) paulisper stetimus in illo ganearum tuarum
nidore, atque fumo ; unde tu nos, quum improbissimè
respondendo, tum turpissimè eructando, ejecisti. Idem
ille ferè biduo productus in concionem ab eo, cui sic
æqualum præbebas consulatum tuum, quum esses
interrogatus quid sentires de consulatu meo ; gravis
auctor, Calatinus credo aliquis, aut Africanus, aut
Maximus (a), et non Cæsonius semi-Placentinus Calventius (b), respondes, altero ad frontem sublato ,
altero ad mentum depresso supercilio, *Crudelitatem
tibi non placere.*

Pison accuse le sénat de cruauté ; puisque la punition
des principaux chefs, dans la conjuration de Catilina,
n'a eu lieu que par ordre de ce corps, on peut juger ,
d'après ses paroles, ce qu'il aurait fait, si, à cette
époque, il eût été consul. Parallèle ingénieux entre les
desseins de Catilina, et les actes de Pison, de Gabi-
nius et de Clodius. Ils ont dépouillé le sénat de son

VII. Hîc te ille homo (c) dignissimus tuis laudibus
collaudavit. Crudelitatis tu, furcifer, senatum consul
in concione condemnas ? non enim me, qui senatui
parui : nam relatio illa (d) salutaris et diligens, fuerat
consulis ; animadversio quidem et judicium, senatûs :
quæ quum reprehendis, ostendis, qualis tu, si ita fortè

(a) *Calatinus credo... aut Maximus.* Au moyen de l'i-ronie, Cicéron met ici son adversaire en parallèle avec les plus grands hommes de la République, afin de faire mieux ressortir sa bassesse et son ignominie. Le *Traité de la Vieillesse*, du même auteur, renferme un éloge magnifique d'Atilius Calatinus, que toutes les nations s'ac-cordaient à regarder comme le premier des Romains. Les Scipions sont trop connus pour en parler plus au long. Maximus est ce Q. Fabius dont on a dit : *Cunctando restituit rem.*

(b) *Cæsonius semi-Pla-centinus Calventius*, « un Cæsonius Calventius demi-Plaisantin ». Pison n'était pas véritablement de la famille

vous restâmes un peu de temps exposés à la fumée et à la
puanteur de votre intempérance : vous nous chassâtes
par vos réponses très-impudentes et par vos rots très-
infâmes. Environ deux jours après que vous fûtes conduit dans l'assemblée par celui avec lequel vous parta-
giez votre autorité de consul (1), on vous demanda ce
que vous pensiez de mon consulat ; alors, comme si
vous eussiez été un négociateur recommandable, quelque Calatinus, ou Scipion l'Africain, ou un Maximus,
et non pas un Césonius Calventius à demi de Plaisance,
vous répondîtes, élevant un sourcil jusqu'au front,
rabaissant l'autre jusqu'au menton, *que la cruauté ne
vous plaisait pas.*

*pouvoir, abrogé les lois, brûlé la maison de Cicéron,
après l'en avoir chassé, et forcé Pompée à rester dans
la sienne ; ils ont même cherché à le faire périr,
comme une victime due aux mânes des conjurés ; ils
ont formé leur troupe de ceux qui ne sont pas morts
avec Catilina, exposant à leurs épées et à leur rage
le corps de l'orateur et celui de tous les gens de bien.*

VII. Cet homme, très-digne de vos louanges, vous
préconisa alors. Vous pendard, vous consul, vous ac-
cusez le sénat de cruauté en pleine assemblée ! En vérité, ce reproche ne peut retomber sur moi, qui n'ai
fait qu'obéir au sénat ; car le rapport exact et utile que
j'avais fait, était du ressort d'un consul ; mais le jugement et la punition regardaient le sénat. Vous faites
connaître, par ce que vous blâmez aujourd'hui, quelle

des Calpurnius, mais de celle
des Césonius, moins illustre
que la première. En effet il
descendait en partie d'un certain Césonius admis autrefois
dans la famille Calpurnia, et
en partie d'un certain Calventius, père de sa mère, lequel était venu des Gaules à
Plaisance, où il avait exercé
la profession de crieur public.

(c) *Ille homo.* Clodius.
(d) *Relatio illa.* Le rapport concernant la conjuration de Catilina.
(1) L'orateur désigne ici
Clodius, que Pison favorisait
dans toutes ses entreprises
criminelles, au point que le
consul et lui paraissaient
exercer tous les deux la même
charge.

accidisset, fueris illo tempore consul futurus. Stipen-
dio, mehercule, et frumento Catilinam esse putasses
juvandum.

15. Quid enim interfuit inter Catilinam, et eum,
cui tu senatûs auctoritatem, salutem civitatis, totam
rempublicam, provinciæ præmio vendidisti? Quæ enim
L. Catilinam conantem consul prohibui, ea P. Clodium facientem consules adjuverunt : voluit ille senatum interficere, vos sustulistis (*a*) : leges incendere,
vos abrogastis (*b*); interire patriam, vos adjuvistis.
Quid est vobis consulibus gestum sine armis? Incendere illa conjuratorum manus voluit urbem ; vos ejus
domum (*c*), quem propter urbs incensa non est. Ac
ne illi quidem, si habuissent vestri similem consulem,
de urbis incendio cogitassent : non enim se tectis pri-
vare voluerunt ; sed his stantibus (*d*) nullum domicilium sceleri suo fore putaverunt : cædem illi civium,
vos servitutem expetistis. Hìc vos etiam crudeliores :
huic enim populo ita fuerat ante vos consules libertas
insita, ut emori potiùs, quàm servire, præstaret.

16. Illud verò geminum (*b*) consiliis Catilinæ, et
Lentuli, quòd me domo meâ expulistis, Cn. Pompeium
domum suam compulistis : neque enim, me stante et
manente in urbis vigilia, neque resistente Cn. Pompeio, omnium gentium victore, unquam se illi rempublicam delere posse duxerunt. A me quidem etiam
pœnas expetistis, quibus conjuratorum manes mortuo-
rum expiaretis : omne odium, inclusum nefariis sen-
sibus impiorum, in me profudistis : quorum ego furori

(*a*) *Sustulistis*, vous l'avez
ruiné, par la perte de son autorité.

(*b*) *Abrogastis*, « vous les
avez abrogées », principalement les lois Elia et Fufia.

(*c*) *Ejus domum*. Celle de
Cicéron.

(*d*) *His stantibus*. Les sé-
a eurs.

(*c*) *Geminum*, pour
simillimum.

(1) Celui de la Macédoine,
que Pison obtint en vertu

sorte de consul vous auriez été en ce temps-là, si le hasard l'eût permis. Vous auriez cru assurément qu'on devait fournir Catilina de troupes et de vivres.

15. En effet, quelle différence faut-il mettre entre
Catilina et celui auquel vous avez vendu l'autorité du
sénat, la conservation de la ville, la République entière, pour le gouvernement qu'il vous a procuré (1)?
Car ce que j'ai empêché Catilina d'exécuter pendant
mon consulat, les consuls ont aidé Clodius à le faire.
Catilina voulut faire périr les sénateurs, vous leur avez
ôté leur pouvoir : brûler les lois, vous les avez abrogées;
détruire la patrie, et vous y avez travaillé avec Clodius.
Que s'est-il fait sans armes pendant que vous étiez consuls? Cette troupe de conjurés a voulu mettre le feu à la
ville, vous l'avez mis à la maison de celui qui a préservé
Rome de cet incendie. Certainement ils n'auraient jamais eu la pensée d'embraser la ville, si, de leur temps,
ils eussent eu un consul semblable à vous; car ils ne
voulaient pas se priver des maisons, mais ils ont cru
que les sénateurs y étant en vie, ils ne trouveraient
point d'asile pour leurs crimes. Ils attentaient à la vie
des citoyens; vous, à leur liberté : en cela vous étiez
encore plus barbares; car avant que vous fussiez consuls, la liberté était si naturelle à ce peuple, qu'il aurait
préféré la mort à l'esclavage.

16. Mais les deux traits suivants ne ressemblent-ils
pas aux desseins de Catilina et de Lentulus? Vous m'a-
vez chassé de ma maison, et forcé Pompée (1) de rester
dans la sienne; car ils n'ont pas cru pouvoir jamais
anéantir la République, tant que je serais en vie, et
attentif à la garde de la ville; que Pompée, vainqueur
de toutes les nations, leur tiendrait tête. Vous avez
même cherché à me faire périr, pour satisfaire aux
mânes des conjurés qui sont morts. Vous avez répandu
sur moi toute la haine renfermée dans les mauvais cœurs
des scélérats; si je ne me fusse soustrait à leur fureur,

d'une ordonnance de Clo-
dius, et non de l'autorité du
sénat, au mépris de la loi
Sempronia.

(1) On trouva un assassin

aposté par Clodius, et caché
dans la maison de Pompée
pour le tuer. Après le bannissement de Cicéron, pour ne
pas être exposé davantage aux

luctu afficeret, lugere non sineret? mœrorem relin-
quis, mœroris aufers insignia : eripis lacrymas non con-
solando, sed minando. Quòd si vestem non publico
consilio patres conscripti, sed privato officio, aut misericordiâ mutavissent, tamen id iis non licere per in-
terdicta crudelitatis tuæ, potestatis erat non ferendæ :
quum verò id senatus frequens censuisset, ordines
reliqui jam antè fecissent; tu ex tenebricosa popina
consul extractus, cum illa saltatrice tonsa, senatum
populi Romani occasum, atque interitum reipublicæ
lugere vetuisti.

*L'orateur, quoi qu'en dise Pison, n'a jamais compté
sur son appui; il cherchait un consul en état de soutenir les priviléges du consulat; il avait besoin d'un
sénat, et la République n'en avait plus. Il n'aurait
cependant pas cédé, s'il eût su n'avoir affaire qu'à*

IX. At quærebat etiam paulò antè de me, quid
suo mihi opus fuisset auxilio : cur non meis inimicis
meis copiis restitissem. Quasi verò non modò ego, qui
multis sæpè auxilio fuissem, sed quisquam tam inops
fuerit unquam, qui, isto non modò propugnatore, tu-
tiorem se, sed advocato, aut adstipulatore (*a*), paratiorem fore putaret. Ego istius pecudis, ac putidæ carnis
consilio scilicet, aut præsidio niti volebam? ab hoc ejecto
(*b*) cadavere quidquam mihi aut opis, aut ornamenti ex-
petebam ? Consulem ego tum requirebam, consulem,
inquam, non illum quidem, quem in hoc majali (*c*) in-

(*a*) *Advocato.* C'était celui
qui, par son témoignage,
prêtait assistance à l'accusé ;
un témoin à décharge. *Adstipulatore,* celui qui se portait garant pour quelqu'un,
qui répondait de ses engage-
mens. *Paratiorem,* sous-entendez *ad tuendum adversùs*
adversarii petitiones.

(*b*) *Ejecto.* Littéralement, qui n'a pas reçu les
honneurs de la sépulture, et
qu'on a jeté sur la voie publique, pour y être dévoré
par les chiens. « Ce cadavre
abandonné ».

(*c*) *Majali.* Un porc en-

interdit l'usage des pleurs à ceux qu'il accablait de peines ? Vous laissez subsister la cause de l'affliction, et vous en ôtez les marques. Pour faire cesser les larmes, loin de consoler, vous menacez. Quand les pères conscrits auraient changé de vêtemens, non par une délibération publique, mais par un devoir particulier ou par compassion, leur en interdire la liberté par vos cruels édits, c'était une tyrannie insupportable. Mais après qu'un nombreux sénat l'a ordonné, que les autres ordres l'avaient déjà fait, vous, consul, sortant de votre sombre taverne avec votre danseuse (1) en petits cheveux (2), vous avez défendu au sénat de verser des larmes sur la décadence et la ruine de la République.

Pison et à son collègue ; mais il prévoyait d'autres troubles, et il s'est dévoué pour le salut de tous. Il reproche à son ennemi l'accueil qu'il fit à Clodius au milieu de l'abattement général, et d'avoir aussitôt emporté le prix de sa mort et de celle de la patrie.

IX. Mais il n'y a pas long-temps qu'il me demandait pourquoi j'avais eu besoin de son secours, pourquoi je ne m'étais pas opposé à mes ennemis par mes propres forces; comme si, moi qui ai secouru plus d'une fois les autres; ce n'est pas assez de dire, comme si quelqu'un pouvait être assez dépourvu d'appui, pour se croire et plus en sûreté avec un tel défenseur, et plus en état de répondre avec un pareil témoin ou un pareil garant. Moi, je voulais m'appuyer des conseils et du secours de ce sot, de cette figure hideuse? moi, j'attendais de ce cadavre ambulant quelque assistance ou quelques grâces? Je recherchais alors un consul, je ne dis pas qui pût défendre, par sa fermeté et par sa prudence, les grands

graissé pour être offert en sacrifice à la déesse Maïa, mère de Mercure. Cicéron, dans un autre endroit, appelle Pison, un porc du troupeau d'Épicure.

(1) Il parle de Gabinius, collègue de Pison, qu'il compare à une misérable baladine, à cause de ses mœurs efféminées. On lui reprochait les danses, comme une chose honteuse chez les Romains.

(2) Les petits cheveux marquaient, chez les Romains, la mollesse. Dans le *Discours*

venire non possem, qui tantam reipublicæ causam
gravitate et consilio suo tueretur ; sed qui, tanquam
truncus atque stipes, si stetisset modò, posset sustinere tamen titulum consulatûs. Quum enim esset omnis
causa illa mea consularis et senatoria (*a*) ; auxilio mihi
opus fuerat et consulis, et senatûs : quorum alterum
etiam ad perniciem meam erat a vobis consulibus con-
versum ; alterum reipublicæ penitus ereptum, Ac tamen, si consilium exquiris meum ; neque ego cessissem, et me ipsa complexu suo patria tenuisset, si mihi
cum illo bustuario gladiatore, et tecum, et cum
collega tuo decertandum fuisset.

20. Alia enim causa præstantissimi viri, Q. M -
telli, fuit ; quem ego civem, meo judicio, cum Deorum immortalium laude conjungo : qui C. illi Mario,
fortissimo viro, et consuli, et sextùm consuli, et ejus
invictis legionibus, ne armis confligeret, cedendum
esse duxit. Quod mihi igitur certamen esset hujus-
modi ? cum C. Mario scilicet, aut cum aliquo pari,
aut cum altero, barbaro Epicuro (*b*), cum altero (*c*),
Catilinæ laternario ? quos neque hercule ego, neque
supercilium tuum, neque collegæ tui cymbala, ac cro-
tala fugi : neque tam sui timidus, ut, qui in maximis
turbinibus ac fluctibus reipublicæ navem gubernassem,
salvamque in portu collocassem, frontis suæ nubecu-

---

pour Sextius, Cicéron parlant encore de la chevelure
de Gabinius, l'appelle *Coma
calamistrata, unguentis af-
fluens*.

(*a*) *Consularis et Senatoria*, « celle du consul et du
sénat, » puisqu'il n'avait agi
qu'en qualité de consul, et
par l'ordre des sénateurs.

(*b*) *Barbaro Epicuro*,
« un Epicurien barbare »,
c'est-à-dire, demi-Plaisantin,
demi-Gaulois, et non pas tel
qu'Epicure, son maître, qui

était d'Athènes, et réunissait
en lui toutes les grâces de la
politesse et du savoir vivre.
Quelques éditions portent
Barbato Epicureo.

(*c*) *Altero*, Gabinius, que
Cicéron appelle ici le *porte-
falot* de Catilina, parce qu'il
l'accompagnait dans ses cour-
ses nocturnes.

(1) Pison et Gabinius
étaient consuls, et ennemis
déclarés de Cicéron ; par con-
séquent il ne devait en attendre aucune protection.

intérêts de la patrie, je ne pouvais le trouver dans ce véritable porc; mais un consul qui, comme une souche ou un tronc d'arbre, pourvu qu'il fût debout, pût du moins soutenir les priviléges du consulat. En effet, comme ma cause était toute consulaire et sénatoriale, j'avais besoin et d'un consul et d'un sénat : c'était pour me perdre, que vous autres consuls (1) faisiez usage de votre pouvoir : quant au sénat, il était entièrement enlevé à la République. Si cependant vous demandez quelle était ma résolution, je n'aurais point quitté prise, et la patrie elle-même m'aurait tenu entre ses bras, s'il m'eût fallu combattre avec ce gladiateur de bûcher (2), avec vous et votre collègue.

20. Car mon affaire était toute différente de celle du grand Q. Métellus (3), citoyen dont je joins volontiers l'éloge à celui des dieux immortels. Il crut devoir plutôt céder à un aussi vaillant homme que C. Marius, consul pour la sixième fois, que d'en venir aux armes contre ses légions invincibles. Quel combat semblable aurais-je donc eu à soutenir? Aurais-je eu affaire à un C. Marius, à quelqu'autre de la même valeur? Non, je n'aurais eu à combattre qu'un Epicurien barbare, ou un porte-salot de Catilina. Certes, je n'ai point pris la fuite devant eux, je n'ai évité, dis-je, ni vos fiers regards, ni la cymbale (4), ni l'atabale (5) de votre collègue; et après avoir gouverné le vaisseau de la République au milieu de la plus grande violence des vents et des flots, et l'avoir mis en sûreté dans le port, je n'ai pas été assez timide pour que votre air sombre et noir et

(2) C'est Clodius. Afin d'empêcher le rappel de Cicéron, il avait engagé à la révolte ceux des gladiateurs dont l'emploi était de combattre auprès du bûcher, lors des funérailles de quelque grand personnage.

(3) Qui fut surnommé le Numidique. Dans la sédition de Saturninus, que Marius protégeait, il ne voulut point prêter serment pour la loi de ce tribun, touchant le partage des terres; et pour éviter le trouble qu'aurait produit sa résistance contre Marius, il aima mieux aller en exil, que de souscrire à cette loi.

(4) C'est le petit tambour dont jouait Gabinius en dansant.

(5) Instrument de musique des Egyptiens, composé de

lam, tum collegæ tui contaminatum spiritum (*a*) pertimescerem.

21. Alios ego vidi ventos, alias prospexi animo procellas, aliis impendentibus tempestatibus non cessi, sed his unum me pro omnium salute obtuli. Itaque dicessu tum meo omnes illi nefarii gladii de manibus crudelissimis exciderunt : quum quidem tu, ô vecors et amens, quum omnes boni abditi inclusique mœrerent, templa gemerent, tecta ipsa urbis lugerent, complexus es illud funestum animal ex nefariis stupris, ex civili cruore, ex omnium scelerum importunitate, et flagitiorum impunitate concretum, atque eodem in templo (*b*), eodem et loci vestigio et temporis, arbitria non mei solùm, sed patriæ funeris abstulisti (*c*).

Joie indécente des consuls, lors du départ de Cicéron ; leurs orgies. Non, Pison n'a jamais été consul ; ce que l'orateur prouve par la définition d'un vrai consul, et

X. Quid ego illorum dierum epulas, quid lætitiam et gratulationem tuam, quid cum tuis sordidissimis gregibus intemperantissimas perpotationes prædicem ? Quis te illis diebus sobrium, quis agentem aliquid, quod esset libero dignum, quis denique in publico vidit ? quum collegæ tui domus cantu et cymbalis personaret, quumque ipse nudus in convivio saltaret : in quo ne tum quidem, quum illum suum sal tatorium versaret orbem (*d*), fortunæ rotam pertimes-

---

quelques lames de cuivre roulées, qu'on touchait avec la main ou avec une baguette.

(*a*) *Contaminatum spiritum*, le souffle infect » *Spiritum* pour *ventum*. L'orateur poursuit sa métaphore jusqu'à la fin. *Turbinibus, fluctibus, navem gubernas*-

sem, *portu, nubeculam* (votre air sombre et noir), *spiritum, ventos, procellas, tempestatibus.*

(*b*) *Eodem in templo.* Dans le temple de Castor.

(*c*) *Arbitria abstulisti,* « vous reçûtes le prix de mes funérailles » ; c'est-à-dire la

l'haleine empestée de votre collègue me causassent de la frayeur.

21. J'ai vu d'autres vents, j'ai prévu d'autres troubles; je n'ai point cédé aux tempêtes qui me menaçaient; mais je m'y suis présenté seul pour le salut de tous. Au moment de mon départ, on a vu tomber des mains les plus cruelles toutes ces épées impitoyables. Cependant vous, homme sans cœur et insensé, lorsque tous les gens de bien, cachés et renfermés, étaient plongés dans l'abattement; lorsque les temples gémissaient, que les maisons même de la ville faisaient paraître leur deuil, vous avez reçu à bras ouverts ce funeste animal (1) tout enflé de ses impudicités affreuses, tout couvert du sang des citoyens, tout chargé des impiétés les plus détestables, tout triomphant de l'impunité de ses crimes : et dans le même temple, au même lieu et au même instant, vous avez emporté le prix, non seulement de ma mort, mais de celle de la patrie.

par l'énumération des crimes de son adversaire, qui ne font voir en lui et dans son collègue, que des voleurs, des traîtres et des tyrans.

X Qu'est-il besoin que je rende publics les festins que vous avez donnés durant ces jours, vos réjouissances, vos félicitations, vos intempérances outrées, vos excessives débauches au milieu de la plus vile troupe de vos associés (2)? Qui, pendant ces jours, vous a vu sobre? qui vous a vu faire quelqu'action digne d'un honnête homme? qui enfin vous a vu paraître en public? tandis que la maison de votre collègue résonnait du bruit des concerts et des cymbales; tandis qu'au milieu du repas il dansait tout nu, et qu'en faisant ses sauts et ses pi-

province de Macédoine, qui lui fut accordée par la loi de Clodius, en récompense de l'exil de Cicéron.

(d) *Saltatorium versaret orbem,* « il dansait en tournant, selon sa coutume » : *ne tum quidem fortunæ rotam pertimescebat,* « il n'appré-hendait pas la roue de la fortune », c'est-à-dire son inconstance. On a blâmé avec raison ce jeu de mots, comme puéril, et peu digne de la gravité qui convient à l'orateur.

(1) C'est Clodius.

(2) Cicéron parle ici des Epicuriens, qui étaient une

cebat. Hic autem, non tam concinnus helluo, nec tam musicus, jacebat in suo Græcorum fœtore, atque vino : quod quidem istius, in illis reipublicæ luctibus, quasi aliquod Lapitharum, aut Centaurorum convivium ferebatur : in quo nemo potest dicere, utrùm iste plus biberit, an vomuerit, an effuderit.

23. Tu etiam mentionem facies consulatûs tui? aut te fuisse Romæ consulem dicere audebis? quid? tu in lictoribus, in toga prætexta esse consulatum putas? quæ ornamenta etiam in Sex. Clodio, te consule, esse voluisti : hujus tu Clodiani canis insignibus consulatum declarari putas? Animo consulem esse oportet, consilio, fide, gravitate, vigilantiâ, curâ; toto denique munere consulatûs omni officio tuendo, maximèque, id quod vis nominis præscribit, reipublicæ consulendo. Ego consulem esse putem, qui senatum esse in republica non putavit? et sine eo consilio consulem numerem, sine quo Romæ ne reges quidem (a) esse potuerunt? Etenim illa jam omitto: quum servorum delectus (b) haberetur in foro; arma in templum Castoris luce et palàm comportarentur; id autem templum, sublato aditu, revulsis gradibus, a

secte de philosophes fort débauchés et fort libertins.

(a) *Ne reges quidem*, etc. Le sénat fut institué par Romulus.

(b) *Servorum delectus*, « des levées d'esclaves ». Elles étaient d'autant plus injurieuses pour le peuple Romain, que, dans les premiers temps de la République, il n'était pas même accordé aux affranchis de prendre les armes; ils ne furent admis dans les armées que du temps de Marius, dans la guerre contre Jugurtha. On n'enrôla quelques esclaves qu'après la défaite de Cannes.

(1) Pison, qui était moins poli et moins recherché dans sa parure que Gabinius.

(2) Il y avait chez les gens riches et voluptueux, certains Grecs aventuriers qui faisaient profession de débauches et d'esprits plaisans. *Boire comme un Grec*, était un proverbe fort usité chez les Romains.

(3) Peuples de la Thessalie, qui habitaient vers le mont

rouettes, il n'appréhendait pas la roue de fortune. Celui-ci (1), qui n'était pas un débauché aussi poli, ni aussi bon musicien, se tenait plongé dans le vin et l'infection au milieu des Grecs (2). L'autre, pendant que la République poussait des gémissemens, se traitait comme les Lapithes (3) et les Centaures; et personne ne pouvait dire s'il buvait plus de vin qu'il n'en vomissait et n'en répandait.

23. Et vous citerez encore votre consulat? ou vous aurez la hardiesse de dire que vous avez été consul à Rome! Quoi! pensez-vous donc que le consulat consiste dans les licteurs et la robe bordée? ornemens que vous avez même voulu, sous votre consulat, communiquer à Sextus Clodius. Pensez-vous que le consulat se manifeste par les marques dont était revêtu le compagnon de (4) Clodius? Il faut être consul (5) par le courage, par la sagesse, par sa fidélité, par sa gravité, par sa vigilance, par ses soins, enfin par son application à remplir tous les devoirs du consulat, et surtout par celui qu'impose ce nom, qui est de veiller au bien de la République. Moi, je regarderais comme consul, celui qui n'a pas cru qu'il y eût un sénat dans la République? je le mettrais au nombre des consuls, quand il est séparé de ce conseil sans lequel les rois n'ont pu subsister à Rome? Mais je passe ceci sous silence: quand on faisait des levées d'esclaves dans la place publique; que l'on portait en plein jour, et à la vue de tout le monde, des armes dans le temple de Castor; que ce temple où l'on ne pouvait entrer, parce qu'on en avait arraché les marches, était gardé par le reste des conjurés (6)

Pindus. Ils étaient orgueilleux et débauchés.

(4) C'est Pison. Le dévoûment servile de Pison à Clodius, est comparé ici à l'attachement d'un chien à son maître. En effet, Pison accompagnait sans cesse Clodius, et le secondait dans tous ses excès. L'orateur a déjà dit plus haut que, pendant la célébration des fêtes Compitales, il avait souffert que ce monstre parût dans la ville revêtu d'une robe de magistrat.

(5) Ce mot vient de *consulere*, qui signifie *veiller*.

(6) Quoique Catilina eût été déclaré ennemi de la République, Pison voulait cependant venger sa mort, en faisant exiler Cicéron.

* 2

conjuratorum reliquiis atque a Catilinæ prævaricatore
quondam, tum ultore, armis teneretur; quum equîtes
Romani (*a*) relegarentur, viri boni lapidibus e foro
pellerentur (*b*), senatui non solùm juvare rempublicam,
sed ne lugere quidem liceret; quum civis is, quem
hic ordo , assentiente Italiâ, cunctisque gentibus, conservatorem patriæ judicârat, nullo judicio, nullâ lege,
nullo more, servitio atque armis pelleretur, non dicam
auxilio vestro, quod verè licet dicere, sed certè silentio ; tum Romæ fuisse consules quisquam existima-
bit? Qui latrones igitur, si quidem vos consules? qui
prædones, qui hostes, qui proditores, qui tyranni
nominabuntur ?

Pison ne possède aucune des qualités propres à un consul;
il n'en a ni la gravité ni la majesté. Les habitans de
Capoue, en le voyant, ne voulurent pas le reconnaître
pour consul de la Campanie , eux qui du moins n'au-

XI. Magnum nomen est , magna species, magna
dignitas , magna majestas consulis : non capiunt an-
gustiæ pectoris tui, non recipit levitas ista, non egestas
animi : non infirmitas ingenii sustinet , non insolentia
rerum secundarum tantam personam (*c*), tam gravem,
tam severam. Seplasia mehercle, ut dici audiebam,
te, ut primùm adspexit, Campanum consulem (*d*) re-

(*a*) *Equites Romani.* Gabinius avait fait sortir de l'assemblée, et relégué à mille
pas de la ville , Lucius La-
mia , chevalier Romain fort
estimé , parce qu'il prenait le
parti de Cicéron.
 (*b*) *Lapidibus pellerentur.*
Cicéron a déjà parlé de toutes
ces violences dans le Discours

pour Sextius.
 (*c*) *Tantam personam ,*
« un si grand rôle », par allusion aux personnages des
pièces de théâtre.
 (*d*) *Campanum consulem,*
etc. César, pendant son consulat, ayant fait passer une
colonie à Capoue, y avait
établi, en qualité de duum-

sous les armes, et par celui qui autrefois feignit d'être l'accusateur (1) de Catilina, et qui en était alors le vengeur : quand on exilait les chevaliers Romains; que les gens de bien étaient chassés de la place à coups de pierres; que non seulement il n'était pas permis au sénat de secourir la République, mais même de la pleurer : quand ce citoyen, que ce même ordre a reconnu, du consentement de l'Italie et de toutes les nations, pour le conservateur de la patrie, était chassé sans qu'il fût intervenu aucun jugement, contre toutes les lois et les coutumes, par des esclaves et des gens armés, appuyés, je ne dirai pas de votre secours, ce que je pourrais dire avec vérité, mais autorisés certainement de votre silence : qui s'imaginera qu'il y eût alors des consuls à Rome? Qui donc, si vous prenez le nom de consuls, appellera-t-on voleurs, corsaires, ennemis, traîtres et tyrans?

raient pas refusé Gabinius. Zèle des meilleurs citoyens de cette ville en faveur de Cicéron. Pison était-il consul, lorsqu'il présidait à l'incendie de la maison de l'orateur?

XI. Le nom, l'éclat, la dignité, la majesté de consul, sont quelque chose de grand. Ils ne sauraient être contenus dans un cœur aussi étroit que le vôtre, être reçus dans une âme aussi légère, aussi dénuée de vertus. La faiblesse de votre esprit, votre arrogance dans la prospérité ne peuvent soutenir un personnage si considérable, si grave, si sérieux. Certes, les habitans de Séplasie (2) vous refusèrent à votre aspect, comme je l'ai ouï-dire, pour consul de la Campanie. Ils avaient

virs, L. Pison et Cn. Pompée. Si les habitans rejetèrent Pison comme indigne de commander dans leur ville, que ne devaient donc pas faire les Romains, gouvernés par un tel consul?

(1) Clodius avait autrefois accusé de concussion Catilina; mais en ayant reçu de l'argent, il se désista de l'accusation, et le fit renvoyer absous.

(2) Rue de la ville de Capoue, toute remplie de parfumeurs et de vendeurs d'aromates.

pudiavit. Audierat Decios, Magios, et de Taurea illo Jubellio aliquid acceperat; in quibus si moderatio illa, quæ in nostris solet esse consulibus, non fuit, at fuit pompa, fuit species, fuit incessus, saltem Seplasiâ dignus, et Capuâ.

25. Gabinium denique si vidissent duumvirum vestri illi unguentarii, citiùs agnovissent : erant illi compti capilli, et madentes cincinnorum fimbriæ (a), et fluentes cerussatæque buccæ, dignæ Capuâ, sed illâ vetere : nam hæc quidem, quæ nunc est, splendidis-simorum hominum, fortissimorum virorum, optimorum civium, mihique amicissimorum multitudine redundat : quorum Capuæ te prætextatum nemo adspexit, qui non gemeret desiderio mei, cujus consilio quum universam rempublicam, tum illam ipsam urbem meminerant esse servatam : me inauratâ statuâ donârant, me patro-num unum adsciverant : a me se habere vitam, for-tunas, liberos arbitrabantur : me et præsentem côntra latrocinium tuum suis decretis legatisque defenderunt; et absentem, principe Cn. Pompeio referente (b), et de corpore reipublicæ tuorum scelerum tela revellente, revocârunt.

26. An tu eras consul, quum in Palatio mea do-mus ardebat, non casu aliquo, sed ignibus injectis, instigante te? Ecquod in hac urbe majus unquam incendium fuit, cui non consul subvenerit ? At tu illo ipso tempore apud socrum tuam propè a meis ædibus, cujus domum ad meam exhauriendam patefeceras,

(a) *Madentes cincinno-rum fimbriæ*, sous-entendez *unguentis*. *Fimbriæ*, pour *fibræ*, « les boucles de ses cheveux étaient parfumées ». *Buccæ fluentes*, « des joues pendantes », ce qui était un signe de mollesse ; *cerussatæ*, fardées.

(b) *Cn. Pompeio refe-rente*, « sur la proposition de Pompée », non pas à Rome, mais dans le sénat de Capoue, qu'il présidait en qualité de duumvir.

(1) Ceux-ci étaient des Campaniens très-fiers, qui avaient brillé à Capoue, et

oui-parler des Décius, des Magius (1), et avaient appris quelque chose de ce Tauréa Jubellius (2) : si l'on ne remarquait pas en eux cette modération qui se trouve ordinairement dans nos consuls, ils avaient au moins une pompe, un éclat, une démarche digne de Séplasie et de Capoue.

25. Enfin, si ces parfumeurs, qui sont les vôtres, eussent vu le duumvir (3) Gabinius, ils l'auraient reconnu plutôt que vous. Il avait les cheveux bien peignés et bien ajustés, et l'essence paraissait encore sur l'extrémité des boucles ; ses joues pendantes et fardées étaient dignes de Capoue, mais de l'ancienne ; car celle d'aujourd'hui est toute remplie des plus illustres personnages, d'hommes les plus courageux, des meilleurs citoyens, tous mes plus grands amis. Il n'y eut pas un de ceux qui vous y virent, qui ne gémît en me regrettant : ils se ressouvenaient que c'était par mes conseils que non seulement toute la République avait été sauvée, mais aussi leur propre ville. Ils m'avaient érigé une statue dorée : ils m'avaient adopté pour leur seul protecteur ; ils croyaient me devoir leur vie, leurs fortunes et leurs enfans. Lorsque j'étais présent, ils me défendirent contre vos brigandages par leurs députés et par leurs décrets ; et en mon absence, sur le rapport de Cn. Pompée, dans le temps qu'il arrachait du corps de la République les traits que votre impiété lui portait, ils demandèrent mon retour.

26. Etiez-vous consul, lorsque, sur le mont Palatin, ma maison brûlait, non par quelque accident, mais par les feux qu'on y avait jetés à votre sollicitation ? Y eut-il jamais dans cette ville un grand incendie, auquel un consul n'ait porté du secours ? Mais vous étiez en ce temps-là même tout près de ma maison, dans celle de votre belle-mère, dont vous aviez fait ouvrir les portes, pour y recevoir ce qu'on enlevait de la mienne :

que ces peuples préféraient à Pison, lorsqu'il vint dans leur ville en fonction de consul ; parce qu'il y parut dans une malpropreté remarquée de tout le monde, et qu'il avait

mauvaise mine.

(2) C'était un magistrat qui allait faire, avec son collègue, la fonction de consul dans les villes de l'empire Romain.

(3) Gabinius était un

sedebas ? non exstinctor, sed actor incendii', et ardentes faces furiis Clodianis (*a*) penè ipse consul mi-
nistrabas ?

Depuis l'exil de Cicéron , personne n'a rendu à Pison
les honneurs consulaires ; malgré la douleur générale,
ce monstre n'en a pas moins persisté dans ses actes
criminels; ce que fit Pompée en faveur de l'orateur

XII. An verò reliquo tempore consulem te quisquam duxit? quisquam tibi paruit? quisquam in curiam venienti assurrexit? quisquam consulenti(*b*) res-
pondendum putavit? numerandus est ille annus denique
in republica, quum obmutuisset senatus , judicia con-
ticuissent , mœrerent boni , vis latrocinii vestri totâ
urbe volitaret , neque civis unus ex civitate , sed ipsa
civitas tuo, et Gabinii sceleri, furorique cessisset ? At
ne tum quidem emersisti, lutulente Cæsoni, ex miser-
rimis naturæ tuæ sordibus , quum experrecta tandem
virtus clarissimi viri , celeriter et verum amicum, et
optimè meritum civem , et suum pristinum morem (*c*)
requisivit ; neque est ille vir passus in ea republica,
quam ipse decorarat atque auxerat, diutiùs vestrorum scelerum pestem morari : quum tamen ille , qua-
liscumque est, qui est ab uno te improbitate victus ,
Gabinius, collegit ipse se vix(*d*) ; sed collegit tamen,
et contra suum Clodium, primùm simulatè , deinde
non libenter , ad extremum tamen pro Cn. Pompeio

homme voluptueux , frisé ,
plein de parfums , ne gardant
point la gravité consulaire.
(*a*) *Furiis Clodianis* , aux
séditieux mis en mouvement
par Clodius , pour incendier
la maison du consul. Les furies de la fable étaient toujours armées de torches et de

flambeaux.
(*b*) *Consulenti* , « lorsque
vous proposiez quelque
chose ».
(*c*) *Suum pristinum mo-*
rem, « son ancienne liaison ».
(*d*) *Collegit ipse se vix ,*
« revint à lui, avec peine , il
est vrai ». En effet Gabinius

vous étiez assis là, non pour éteindre le feu, mais pour
y commander; et vous, consul, vous mettiez presque
vous même les torches ardentes dans les mains des furies
de Clodius.

ne l'a pas même rendu à la raison, tandis que Gabi-
nius sut enfin rentrer en lui-même, et se déclara
contre l'infâme Clodius, pour soutenir ce grand
homme.

XII. Durant le reste du temps, quelqu'un vous a-t-il
regardé comme un consul? quelqu'un vous a-t-il obéi?
quelqu'un s'est-il levé (1) à votre entrée au sénat?
quelqu'un a-t-il cru devoir répondre à vos propositions?
Doit-on enfin compter dans la République une année
où le sénat est resté muet; où l'on a cessé de rendre
les jugemens, où les gens de bien gémissaient, où la
violence de vos brigandages se faisait sentir dans toute
la ville, où, je ne dis pas un citoyen fut obligé de sortir
de Rome, mais où toute la ville fut forcée de céder au
crime et à la fureur de Pison et de Gabinius? Mais,
infâme Césonius (2), vous ne sortîtes pas même de
l'affreux bourbier de vos passions, quand reparut enfin
avec son courage ordinaire, cet homme si illustre (3),
qui redemanda tout-à-coup un vrai ami, un citoyen
très-utile, et son ancienne liaison: ce grand homme
ne voulut pas laisser séjourner plus long-temps la con-
tagion de vos crimes, dans une République qu'il avait
illustrée et accrue par ses conquêtes. Cependant alors,
quel que soit ce Gabinius, que vous seul avez surpassé
en méchanceté, il rentra enfin en lui-même, et combattit contre son ami Clodius, d'abord par feinte, ensuite avec un peu de répugnance, mais à la fin vive-

se brouilla avec Clodius; il
n'y eut que Pison qui lui
resta fidèle.

(1) On rendait de grands
honneurs aux consuls, on
allait au-devant d'eux: les
chevaliers descendaient de
cheval pour les laisser passer.

(2) C'est Pison. Voyez la
note sur son origine, page 20.

(3) C'est Pompée, qui,
quoiqu'ami de Cicéron, l'a-
bandonna durant la persécu-
tion de Clodius, et le laissa
aller en exil.

verè, vehementerque pugnavit : quo quidem in specta-
culo mira populi Romani æquitas (a) erat : uter eorum
perisset, tanquam lanista, iu ejusmodi pari lucrum
fieri pulabat ; immortalem verò quæstum, si uterque
cecidisset.

28. Sed ille tamen agebat aliquid : tuebatur auctoritatem summi viri : erat ipse sceleratus, erat gla-
diator : cum scelerato tamen, et cum pari gladiatore
pugnabat. Tu scilicet, homo religiosus et sanctus,
fœdus, quod meo sanguine in pactione provinciarum
iceras, frangere noluisti : caverat enim sibi ille soro-
rius adulter, ut, si tibi provinciam, si exercitum, si
pecuniam ereptam ex reipublicæ visceribus dedisset,
omnium suorum scelerum socium te adjutoremque
præberes. Itaque in illo tumultu (b) fracti fasces : ictus
ipse : quotidie tela, lapides, fugæ : deprehensus denique cum ferro ad senatum is, quem ad Cneium Pompeium interimendum collocatum fuisse constabat.

*L'exil de Cicéron, et la retraite forcée de Pompée,
déposent contre le consulat de Pison et de Gabinius.
En vain ils s'étayent de la loi de Clodius, pour justifier leur silence obstiné, lorsqu'on leur demandait
le rappel de l'orateur : loin d'avoir été de véritables
consuls, ils n'étaient pas même libres alors, puisque
le salaire leur avait lié la langue. Leur croyance à*

XIII. Et quis audivit non modò actionem aliquam,

(a) *Mira... æquitas erat,*
«dans une merveilleuse indifférence». L'orateur compare
ici le peuple Romain à un
maître d'escrime qui, après
avoir fait paraître dans le
cirque deux mauvais gladia-
diateurs, s'embarrasse peu
d'en voir périr un, puisqu'il
sera déchargé du soin de le
nourrir, et qui aimerait encore mieux les voir périr tous

ment et de bonne foi, en faveur de Pompée. Durant ce combat, la République était dans une merveilleuse tranquillité : lequel des deux vînt à périr, comme un maître des gladiateurs, elle jugeait qu'à l'égard d'un couple aussi corrompu, elle y trouverait son profit ; et que son gain serait infini, s'ils venaient à périr l'un et l'autre.

28. Cependant Gabinius faisait quelque chose : il soutenait la puissance d'un très-grand homme (1) : c'était un scélérat lui-même, c'était un gladiateur ; mais du moins il combattait contre un scélérat et un gladiateur comme lui. Pour vous, qui êtes un homme scrupuleux et religieux, vous n'avez pas voulu rompre le traité que vous aviez fait au prix de mon sang, dans la convention pour le gouvernement des provinces : car cet adultère (2) de sa sœur, avait eu soin de ne vous donner une province, une armée, l'argent qu'il avait arraché des entrailles de la République, qu'à condition que vous vous rendriez le complice et le protecteur de tous ses crimes. C'est pourquoi, dans ce tumulte, les faisceaux furent brisés, il fut blessé lui-même : tous les jours on lançait des flèches et des pierres ; on prenait la fuite. Enfin, on saisit auprès du sénat, armé d'une épée, celui qu'on avait certainement aposté pour tuer Pompée (3).

la validité de cette loi , ne servirait qu'à prouver leur ignorance absolue sur tout ce qu'il importe à un consul de connaître. En partant pour leurs gouvernemens , ils furent plutôt poursuivis comme des ennemis et des traîtres, qu'accompagnés en qualité de consuls.

XIII. Et qui vous vit faire, je ne dis pas quelque

les deux.

(b) *In illo tumultu,* lorsque Gabinius attaqua Clodius. *Fracti fasces,* ceux du consul Gabinius.

(1) Pompée.

(2) Clodius fut accusé d'avoir commis un inceste avec sa propre sœur.

(3) L'affranchi Damion, que Clodius, dont il avait été l'esclave, n'avait pas craint

aut relationem, sed vocem omnino, aut querelam
tuam? Consulem tum te fuisse putas, cujus in imperio, qui rempublicam senatûs auctoritate servârat,
is neque in Italia; qui omnes omnium gentium par-
tes tribus triumphis devinxerat, is se in publico tuto
statuit esse non posse? An tum eratis consules, quum,
quacumque de re verbum facere cœperatis, aut referre
ad senatum; cunctus ordo reclamabat, ostendebatque,
nihil esse vos acturos, nisi priùs de me retulissetis?
quum vos, quanquam fœdere obstricti tenebamini,
tamen cupere vos diceretis, sed lege (a) impediri?

30. Quæ lex privatis hominibus esse lex non vi-
debatur, inusta per servos, incisa per vim, imposita
per latrocinium, sublato senatu, pulsis e foro bonis
omnibus, captâ republicâ contra omnes leges, nullo
scripta more; hanc qui se metuere dicerent, hos consules, non dicam animi hominum, sed fasti ulli (b) ferre
possunt? Nam, si illam legem non putabatis, quæ
erat contra omnes leges, indemnati civis atque in-
tegri capitis, bonorumque tribunitia proscriptio; hâc
tamen obstricti pactione tenebamini; quis vos non
modò consules, sed liberos (c) fuisse putet, quorum
mens fuerit oppressa præmio, lingua adstricta mercede?
sin illam vos soli legem putabatis; quisquam vos con-

de placer en embuscade à l'entrée du sénat, pour assassiner
Pompée.

(a) *Lege*, celle de Clo-
dius, qui exilait Cicéron.

(b) *Sed fasti ulli*, sous-
entendez *Consulares*. Non
seulement les hommes, mais
les fastes mêmes ne sauraient
supporter des consuls qui se
croient liés par une loi, ouvrage de la violence, et à laquelle le sénat n'a pris aucune

part; loi que n'ont pas cru
devoir respecter les consuls
de l'année suivante, Len-
tulus et Métellus, qui n'é-
taient pas des traîtres comme
Pison et Gabinius.

(c) *Sed liberos*, puisqu'ils
se trouvaient liés par l'accord qu'ils avaient fait avec
Clodius, en recevant de lui
des provinces pour récom-
pense.

(1) Cicéron.

démarche, quelque rapport, mais le moindre discours, la plus petite plainte? Croyez-vous que vous étiez consul, lorsque, sous votre gouvernement, celui qui avait conservé la République de concert avec le sénat, était exilé, même de l'Italie (1)? lorsque celui qui avait triomphé trois fois, pour avoir assujetti toutes les contrées des différentes nations (2), jugea qu'il ne pouvait paraître en public avec sûreté? Étiez-vous tous deux consuls, quand, quelqu'affaire que vous commençassiez à proposer, ou quelque rapport que vous fissiez au sénat, tout l'ordre se récriait et déclarait que vous n'agiteriez aucune affaire que vous n'eussiez auparavant rapporté la mienne? lorsque, malgré le traité qui vous liait à Clodius, vous disiez que vous souhaitiez d'en parler, mais que la loi vous en empêchait?

30. Cette loi n'en paraissait pas une, même aux simples particuliers, puisqu'elle avait été imprimée, pour ainsi dire, avec un fer chaud (3), par des esclaves; gravée par violence; imposée par brigandage, après la dissolution du sénat, l'expulsion des gens de bien hors de la place, l'esclavage de la République, contre toutes les lois; enregistrée enfin sans aucune forme. Les consuls, qui disaient craindre une pareille pièce, peuvent-ils être soufferts, je ne dis pas dans l'esprit des hommes, mais dans les fastes de la République? Car, si ne regardant pas comme une loi, ce qui était contre toutes les lois, je veux dire la proscription qu'un tribun avait faite, et de la personne et des biens d'un citoyen non condamné, non dégradé (4), vous étiez cependant liés par cet accord (5) : qui croira que vous fûtes, je ne dis pas consuls, mais libres, puisque la récompense vous avait aveuglé l'esprit, le salaire vous avait lié la langue? Mais si vous étiez les seuls qui la regardassent comme une loi, qui croira que vous étiez

---

(2) Pompée avait triomphé des Gaules, de l'Asie et de l'Afrique.

(3) On marquait ainsi les esclaves déserteurs : Cicéron se sert de cette expression pour mieux marquer l'indignité de la loi de Clodius.

(4) Cicéron parle ici de lui-même.

(5) Clodius s'était engagé de faire donner à Pison le gouvernement de la Macédoine, et celui de la Syrie à Gabinius, s'ils voulaient consentir à l'exil de Cicéron.

sules tunc fuisse, aut nunc esse consulares putet, qui
ejus civitatis, in qua in principum numero vultis esse,
non leges, non instituta, non jura noritis (*a*)? An,
quum proficiscebamini paludati (*b*) in provincias (*c*) vel
emptas, vel ereptas, consules vos quisquam putavit?
Itaque, credo, si minùs frequentiâ suâ vestrum egressum ornando, atque celebrando, at ominibus saltem
bonis, ut consules, non tristissimis, ut hostes, aut
proditores prosequebatur.

*Le départ de Cicéron ne fut point pour lui une malé-
diction et un affront. Il appelle en témoignage le
deuil du sénat, les regrets des chevaliers, la tristesse
générale; d'où il conclut que, non seulement, il ne
regarde pas sa disgrâce comme un malheur, mais
qu'au contraire il pense qu'il aurait pu, pour sa*

XIV. Tune etiam, immanissimum ac fœdissimum
monstrum, ausus es meum discessum illum, testem
sceleris et crudelitatis tuæ, maledicti et contumeliæ
loco ponere? Quo quidem tempore cepi, Patres conscripti, fructum immortalem vestri in me et amoris,
et judicii; qui non admurmuratione, sed voce et cla-
more, abjecti hominis, et semivivi furorem, petu-
lantiamque fregistis.

32. Tu luctum senatûs, tu desiderium equestris
ordinis, tu squalorem (*d*) Italiæ, tu curiæ taciturni-

(*a*) *Non leges... noritis.*
En effet, ceux-là ne connaissent ni les lois, ni les con-
tumes, ni les droits d'un
Etat, qui regardent comme
une loi celle qu'ont faite des
esclaves, sans observer les
formes usitées, et dans la ser-
vitude de la République.

(*b*) *Paludati*, « revêtus
de vos cottes d'armes ».
Quand les consuls partaient
pour aller gouverner les provinces qui leur étaient échues,
ils étaient revêtus de cet ha-
billement militaire, après
avoir fait leur prière au Capitole.

alors consuls, et que vous êtes présentement des consulaires, vous qui ignorez les lois, les réglemens, les coutumes, les mœurs, les droits d'une ville où vous voulez
tenir le premier rang? Quoi? lorsque, revêtus de vos
cottes d'armes, vous partîtes pour les gouvernemens
que vous aviez, ou achetés, ou extorqués, quelqu'un
vous a-t-il pris pour des consuls? Je crois donc que si
le nombreux cortége que vous eûtes à votre sortie,
n'était pas pour l'orner et la célébrer, c'était du moins
avec d'heureux présages, et parce que vous étiez des
consuls, qu'il vous accompagnait; et il ne vous pour-
suivait pas avec les pressentimens les plus tristes, comme
des ennemis et des traîtres (1).

gloire, souhaiter et rechercher une telle destinée. Le
plus triste de ses jours fut encore préférable au plus
heureux des jours de Pison ; ce qu'il prouve par le
développement des circonstances qui accompagnèrent
le départ de l'un et de l'autre.

XIV. Comment avez-vous encore eu la hardiesse,
monstre aussi cruel que corrompu, de regarder comme
une malédiction et un affront, mon départ témoin de
vos crimes et de vos cruautés? C'était dans le même
temps, Messieurs, que je recevais les fruits immortels
de votre amour et de votre estime pour moi; et que
vous domptâtes, non par un bruit confus, mais tout
d'une voix et par acclamation, la pétulance et la fureur
d'un homme méprisable (2) et à demi-mort.

32. Regarderez-vous comme autant d'outrages, le deuil
du sénat, les regrets de l'ordre des chevaliers (3), la
tristesse répandue dans toute l'Italie; le sénat demeuré

(c) *In provincias*, Gabinius dans la Syrie, en qualité de proconsul, et Pison
dans la Macédoine.

(d) *Squalorem*, pour *tris-*
titiam.

(1) On accompagnait avec
des acclamations les gouverneurs; mais le départ de Pison ne fut accompagné que de
plaintes.

(2) C'est Clodius.

(3) Quand Cicéron sortit de
Rome, il fut accompagné
d'un nombre extraordinaire
de chevaliers Romains (quel-

tatem annuam (*a*), tu silentium perpetuum judiciorum
ac fori, tu cætera illa maledicti loco pones, quæ meus
discessus reipublicæ vulnera inflixit? qui si calamito-
sissimus fuisset, tamen misericordiâ dignior, quàm
contumeliâ, et cum gloria potiùs esse conjunctus,
quàm cum probro putaretur; atque ille, dolor meus
duntaxat, vestrum quidem scelus (*b*), ac dedecus haberetur: quum verò (forsitan hoc, quod dicturus
sum, mirabile auditu esse videatur, sed certè id dicam, quod sentio) quum tantis a vobis, Patres conscripti, beneficiis affectus sim, tantis honoribus; non
modò illam calamitatem esse non duco: sed, si quid
mihi potest a republica esse sejunctum, quod vix potest,
privatim ad meum nomen augendum, optandam duco
mihi fuisse illam, expetendamque fortunam.

33. Atque, ut tuum lætissimum diem (*c*) cum tris-
tissimo meo conferam, utrùm tandem bono viro et sapienti optabilius putas, sic exire a patria, ut omnes sui
cives salutem, incolumitatem, reditum precentur,
quod mihi accidit; an, quod tibi proficiscenti evenit,
ut omnes exsecrarentur, malè precarentur, unam tibi
illam viam et perpetuam esse (*d*) velient? Mihi, me-
dius fidius, in tanto omnium mortalium odio, justo
præsertim et debito, quævis fuga (*e*) potiùs, quàm ulla
provincia, esset optatior.

---

ques auteurs disent jusqu'à
vingt milles) pour se défendre contre les entreprises de
Clodius.

(*a*) *Annuam*, pendant tout
le consulat de Pison et de Gabinius.

(*b*) *Vestrum quidem sce-*

lus, votre crime »; celui de
Pison et de Gabinius, qui
s'étaient engagés par le traité
des provinces à sacrifier Cicéron à Clodius.

(*c*) *Tuum lætissimum
diem.* Le jour de votre départ pour la Macédoine, que

muet pendant une année, le silence continuel des juges et du barreau (1), et toutes les autres plaies que mon départ a faites à la République ? Quand même il aurait été très-funeste, il aurait été plus digne de compassion que d'un mépris outrageant ; on aurait dû plutôt le regarder comme glorieux, que comme ignominieux : le chagrin que j'en ai ressenti, devait passer pour l'effet de votre crime et de votre déshonneur. Ce que je vais dire paraîtra peut-être surprenant ; mais certes, je ne dirai que ce que je pense. Puisque vous m'avez comblé de si grands bienfaits, Messieurs, et de si grands honneurs, non seulement je ne regarde point ma disgrâce comme un malheur ; mais si quelque chose pouvait me séparer de la République, ce qui est presque impossible, je pense qu'en mon particulier, j'aurais dû, pour augmenter ma réputation, souhaiter et rechercher cette destinée.

33. Et pour comparer le plus heureux de vos jours avec le plus triste des miens, qu'est-ce que doit, à votre avis, le plus désirer un homme de bien, un homme sage, ou de sortir de sa patrie, pendant que tous ses concitoyens supplient les dieux pour sa conservation, pour sa sûreté, pour son retour, ce qui s'est fait à mon égard ; ou ce qui vous est arrivé en partant pour votre gouvernement, de sortir avec les exécrations et les imprécations de tout le monde, qui souhaitait que ce voyage fût le dernier de votre vie. Pour moi, en vérité, si j'avais encouru ainsi la haine de tous les mortels, et surtout une haine juste et méritée ; il n'y a point d'exil que je n'eusse préféré au meilleur gouvernement de province.

vous regardez comme le plus beau et le plus agréable de tous ceux de votre vie.

(d) *Perpetuam esse,* « qu'il ne finit point », c'est-à-dire, que vous ne revinssiez jamais.

(e) *Quævis fuga,* « toute espèce de bannissement ».

(1) Le sénat suspendit toutes ses fonctions, pour témoigner la douleur générale que causait l'exil de Cicéron.

Poursuivant le parallèle entre sa destinée et celle de son ennemi, l'orateur cite avec complaisance tout ce qui s'est fait en sa faveur, pendant son exil, dans le sé-

XV. Sed perge porrò : nam , si illud meum turbulentissimum tempus profectionis, tuo tranquillissimo præstat, quid conferam reliqua, quæ in te dedecoris plena fuerunt, in me dignitatis? Me Kalendis Jan. (*a*) qui dies post obitum, occasumque nostrum reipublicæ primus illuxit, frequentissimus senatus concursu Italiæ, referente clarissimo atque fortissimo viro, P. Lentulo, consentiente populi Romani atque unâ voce (*b*), revocavit : me idem senatus exteris nationibus, me legatis, magistratibusque nostris, auctoritate suâ, consularibus litteris, non, ut tu, Insuber (*c*), dicere ausus es, orbatum patriâ, sed ut senatus illo ipso tempore appellavit, civem conservatorem reipublicæ commendavit : ad meam unius salutem senatus auxilium omnium civium cuncta ex Italia, qui rempublicam salvam esse vellent (*d*), consulis voce et litteris implorandum putavit : mei capitis servandi causâ Romam uno tempore, quasi signo dato, Italia tota convenit : de mea salute P. Lentuli, præstantissimi viri atque optimi consulis, Cn. Pompeii, clarissimi atque invictissimi civis, cæterorumque principum, celeberrimæ, et gratissimæ conciones fuerunt.

35. De me senatus ita decrevit, Cneio Pompeio

(*a*) *Kalendis Jan.*, « au commencement de janvier », lorsque la République commença à respirer sous le consulat de P. Lentulus Spinther et de Q. Métellus Népos.
(*b*) *Consentiente populi Romani atque unâ voce*, « d'un consentement unanime et selon les désirs de tout le peuple Romain. » Cet accord du peuple et du sénat était encore plus honorable pour Cicéron.
(*c*) *Insuber*, « Insubrien », c'est-à-dire homme dégénéré, par allusion à cet aïeul maternel de Pison, dont l'ora-

*nal et dans l'assemblée du peuple. Loi pour son rap-
pel, adoptée d'une voix unanime et de la manière la
plus honorable pour lui.*

XV. Mais poursuivons plus avant : si le temps si ora-
geux de mon départ est préférable à toute la tranquillité du vôtre, comment comparer le reste qui a été si
déshonorant pour vous, et si glorieux pour moi ? Aux
calendes de janvier, jour qui, le premier après mon
éclipse et ma décadence, a relui sur la République, un
sénat des plus nombreux (1), où concourut toute l'Italie sur le rapport de l'illustrissime P. Lentulus, homme
très-courageux, me rappela du consentement unanime
du peuple Romain. Le même sénat, de sa propre autorité, adressa aux nations étrangères, à nos lieutenans, à nos magistrats, des lettres de recommandation (2), écrites par les consuls, dans lesquelles j'étais
appelé, non un exilé de ma patrie, ce que vous avez
eu la hardiesse de dire, mais comme le sénat me nom-
mait en ce même temps, un citoyen conservateur de la
République. Ce fut pour ma seule conservation que le
sénat crut devoir implorer, par la voix et les lettres du
consul, le secours de tous les citoyens de l'Italie, qui
souhaitaient le salut de la République. Ce fut pour ma
seule personne, que toute l'Italie, comme si l'on en eût
donné le signal, se rendit en même temps à Rome. Ce
fut en ma faveur que Lentulus, ce grand homme et cet
excellent consul ; que Pompée, cet illustre, cet invin-
cible citoyen, et les plus considérables de la République, firent les harangues les plus célèbres et les plus
officieuses.

35. Le sénat ordonna, selon le sentiment de Pompée,

teur a déjà parlé. Quelques
éditions portent *insuper*.

(d) *Qui rempublicam,* etc.
Formule usitée chez les Romains, dans les affaires d'une
haute importance.

(1) Quatre cents sénateurs
opinèrent pour le retour de

Cicéron, et pour le rappeler
de l'exil.

(2) Le sénat écrivit des lettres de remerciment à toutes
les provinces qui avaient bien
traité Cicéron pendant son
exil.

auctore, et ejus sententiæ principe (a), ut, si quis
impedisset reditum meum, in hostium numero putaretur : iisque verbis ea de me senatûs auctoritas de-
clarata est, ut nemini sit triumphus honorificentiùs,
quàm mihi salus restitutioque perscripta : de me quùm
omnes magistratus promulgassent, præter unum prætorem, a quo non fuit postulandum, fratrem inimici
mei, præterque duos de lapide emptos tribunos plebis,
legem comitiis centuriatis tulit P. Lentulus, consul de
collegæ Q. Metelli (b) sententia ; quem mecum eadem
respublica, quæ in tribunatu ejus disjunxerat, in consulatu, virtute optimi ac justissimi viri, sapientiâ-
que, conjunxit.

36. Quæ lex quemadmodum accepta sit, quid me
attinet dicere ? ex vobis audio : nemini civi ullam, quò
minus adesset, satis justam excusationem esse visam :
nullis comitiis unquam multitudinem hominum tantam,
neque splendidiorem fuisse : hoc certè video, quod
indicant tabulæ publicæ, vos rogatores (c), vos diribitores (d), vos custodes fuisse tabellarum (e) : et,
quod in honoribus vestrorum propinquorum non fa-

(d) *Ejus sententiæ prin-
cipe*, « qui en avait fait le
premier la proposition ».
Pompée est appelé ici *princeps sententiæ*, non parce
qu'il avait donné le premier
son avis, mais parce qu'il
avait proposé le premier d'in-
sérer dans l'ordonnance, *que
ceux qui empêcheraient le
retour de Cicéron, fussent
mis au nombre des ennemis
de la République.* C'était encore une ancienne formule
employée par les sénateurs
pour donner plus de force à
leurs décrets.

(b) *Q. Metelli.* Q. Mé-
tellus Népos, allié à la famille de Clodius, et le même
qui, pendant son tribunat,
n'étant pas d'accord avec Cicéron, relativement au rappel
de Pompée, l'avait empêché
de haranguer le peuple, le
jour où il devait déposer les
faisceaux.
(c) *Rogatores*, « les solliciteurs ». Ceux qui requé-
raient qu'on assemblât les
Comices.
(d) *Diribitores*, « les distributeurs ». Ceux qui dis-
tribuaient à chaque particu-

qui le premier en ouvrit l'avis, que celui qui s'opposerait à mon retour, fût regardé comme ennemi ; et par ces paroles, il a si bien manifesté son pouvoir en ma faveur, que jamais triomphe ne fit plus d'honneur à personne, que ne m'en a fait l'enregistrement de ma liberté et de mon rétablissement. Après que tous les magistrats eurent fait leur publication, excepté un seul préteur (1), dont il ne fallait rien attendre (c'était le frère de mon ennemi), et à la réserve de deux tribuns du peuple, gagnés de dessus la pierre (2), le consul P. Lentulus proposa, dans les Comices par centuries, de l'avis de Q. Métellus son collègue, une loi sur mon rétablissement. La même République qui, durant le tribunat de Métellus, m'avait séparé d'avec lui, me réunit sous son consulat, par le mérite et la sagesse de cet homme si sensé et si équitable (3).

36. Qu'est-il besoin que je raconte comment cette loi fut reçue ? J'apprends de vous, Messieurs, que pas un des citoyens n'a trouvé aucune excuse qui lui ait paru légitime, pour se dispenser d'assister à l'assemblée ; que jamais assemblée ne fut ni plus nombreuse, ni plus célèbre. Certes, je vois par ce que portent les registres (4) publics, que vous fûtes les solliciteurs, les distributeurs et les gardiens des suffrages ; et ce que vous ne faites pas même pour procurer des honneurs à vos proches, vous excusant sur votre âge et votre dignité ;

lier une tablette, pour y mettre son suffrage.

(e) *Custodes tabellarum*, ceux qui gardaient les suffrages dans des corbeilles, après qu'ils avaient été donnés, afin d'éviter toute espèce de supercherie. Dans tout ceci l'orateur s'adresse au sénat, qui avait engagé les citoyens à sanctionner le décret par lequel il rappelait Cicéron.

(1) Appius, frère de Clodius. C'était le droit des préteurs et des tribuns, d'établir et de publier les lois.

(2) C'étaient deux tribuns qui avaient été crieurs publics, et faisaient les criées des enchères, montés sur une pierre ; Clodius les avait corrompus par argent. Ils se nommaient Sextus Attilius Serranus et Quinctius Numérius.

(3) P. Servilius.

(4) On écrivait dans les registres publics, tout ce qui avait été fait et résolu dans les assemblées, pour servir de témoignage authentique.

citi, vel ætàtis excusatione, vel honoris, id in salute
mea; nullo rogante, vos vestrâ sponte fecistis.

Après avoir établi que Pison n'a point reçu le gouverne-
ment de la Macédoine d'une manière légale , mais
par surprise et par fraude , l'orateur laisse entrevoir
le tableau de ses crimes et de ses malversations , qu'il
promet d'exposer un jour à tous les regards. Il lui
reproche d'avoir outrepassé ses pouvoirs, en levant une

XVI. Confer nunc, Epicure noster, ex hara pro-
ducte, non ex schola, confer, si audes , absentiam tuam
cum mea. Obtinuisti provinciam consularem finibus
iis, quos lex cupiditatis tuæ, non quos lex generi tui
pepigerat : nam lege Cæsaris justissimâ, atque optimâ,
populi liberi planè et verè erant liberi : lege autem eâ,
quam nemo legem, præter te et collegam tuum, putavit, omnis erat tibi Achaia, Thessalia, Athenæ, cuncta Græcia addicta ; habebas exercitum tantum, quantum tibi non senatus aut populus Romanus dederat,
sed quantum tua libido conscripserat. Ærarium exhau-
seras.

38. Quas res gessisti in imperio, exercitu, provinciâ consulari ? quas res gesserit quæro ? qui ut
venit, statim...(a) (nondum commemoro rapinas, nondum exactas pecunias, non captas, non imperatas, non
neces sociorum, non cædem hospitum , non perfidiam,
non immanitatem, non scelera prædico : mox, si

(a) *Qui ut venit statim...*
Le sens est ici suspendu sans
que l'orateur se soit mis en
peine de le compléter. On
rouve dans Cicéron plusieurs
txemples de cette suspension,
qui n'est pas sans agrément,
parce qu'elle donne au discours un certain air d'impro-
visation. Voici le sens de la
phrase : *Qui ut venit in Mace-*
doniam , statim rapinis,
cæde sociorum , etc... cœpit
vastare provinciam ; sed
nondùm commemoro , etc.

pour me rétablir, vous l'avez fait sans en être sollici-tés, et de votre propre mouvement.

*armée plus nombreuse qu'il ne devait, et pour laquelle il a épuisé le trésor public. Avec une telle armée, et malgré son titre d'*Imperator, *Pison n'a rien fait de mémorable dans cette province, d'où jamais un con-sulaire, homme de cœur, n'est revenu sans recevoir les honneurs du triomphe.*

XVI. Comparez à présent, ô notre second Epicure, qui êtes sorti, non de l'école, mais de l'étable ; com-parez, si vous en avez l'audace, votre absence avec la mienne. Vous avez obtenu une province consulaire, dont la loi de votre cupidité a fixé l'étendue, et qui n'a point été limitée par celle de votre gendre (1) : car, par la loi très-excellente et très-juste de César, les peuples libres étaient véritablement libres (2); mais par celle qui n'a été reconnue que de votre collègue et de vous, toute l'Achaïe, la Thessalie, Athènes, toute la Grèce vous était adjugée. L'armée (3) que vous aviez, ce n'é-tait ni le sénat ni le peuple Romain qui vous l'avaient accordée aussi nombreuse; c'était votre passion déré-glée qui vous l'avait fait lever. Vous aviez, pour la le-ver, épuisé le trésor public.

38. Qu'avez-vous fait dans votre gouvernement, dans votre armée, dans votre province consulaire? Je de-mande ce qu'il y a fait? aussitôt qu'il y est arrivé.....
Je ne rappelle point encore ses rapines, ses levées en argent, celui qu'il a pris, les tributs qu'il a imposés, le carnage qu'il a fait des alliés, les massacres de ses hôtes, ses perfidies, ses cruautés: je ne divulgue point ses grands crimes : bientôt je pourrai traiter avec lui

(1) Jules César avait épousé Calpurnie, fille de Pison ; et dans son premier consulat, il avait fait passer une loi, qui bornait la puissance des proconsuls dans leurs justes limites.

(2) C'est-à-dire, qu'ils étaient gouvernés par leurs propres magistrats et leurs propres lois.

(3) Les gouverneurs de pro-vinces avaient droit de com-mander des armées, de faire la guerre.

videbitur, ut cum fure, ut cum sacrilego, ut cum sicario, disputabo : nunc meam spoliatam fortunam, conferam cum florente fortuna imperatoris) (a). Quis unquam provinciam cum exercitu obtinuit, qui nullas ad senatum litteras miserit? tantam verò provinciam cum tanto exercitu, Macedoniam præsertim, quæ tantis barbarorum gentibus attingitur, ut semper Macedonicis imperatoribus iidem fines provinciæ fuerint, qui gladiorum, atque pilorum : ex qua aliquot prætorio imperio, consulari quidem nemo rediit, qui incolumis (b) fuerit, quin triumpharit. Est hoc novum : multò illud magis : appellatus est hic vulturius illius provinciæ (si diis placet (c)), imperator.

L'orateur insiste sur le déshonneur dont Pison s'est couvert dans son gouvernement. Jamais on n'a reçu de lettres pour annoncer ses exploits ; car, s'il en a envoyé, ses amis les auront supprimées par pudeur. En effet, qu'aurait-il pu écrire ? aurait-il informé le sénat de la perte des villes, du pillage des alliés,

XVII. Ne tum quidem, Paule noster, tabellas Romam cum laurea mittere audebas? Misi, inquit. Quis unquam recitavit? quis, ut recitarentur, postulavit? nihil enim meâ refert, utrùm tu, conscientiâ oppressus scelerum tuorum, nihil unquam ausus sis scribere ad eum ordinem, quem despexeras, quem afflixeras, quem deleveras : an amici tui tabellas abdiderint, iidemque silentio suo temeritatem, atque audaciam tuam condemnârint. Atque haud scio, an

(a) *Cum florente fortunâ imperatoris.* Ironie, puisque ce guerrier valeureux ne put jamais trouver l'occasion d'envoyer au sénat une seule lettre où il fût question de ses exploits.

(b) *Incolumis,* « sans tache ».

(c) *Si diis placet,* « puisque les dieux l'ont voulu » ; expressions dont se servaient les Anciens pour exprimer l'indignation.

(1) Les gouverneurs de Macédoine avaient étendu les

comme avec un voleur, un sacrilége, un assassin : je comparerai tout à l'heure ma fortune délabrée, avec la fortune florissante de ce gouverneur. Qui jamais a obtenu une province et une armée, sans avoir écrit quelques lettres au sénat? une province si étendue avec une si grande armée? surtout la Macédoine (1), qui est environnée de tant de nations barbares, que les gouverneurs n'y ont jamais eu d'autres frontières que celles qu'ils ont hérissées d'épées et de javelots: d'où presque jamais un gouverneur prétorien, et jamais un consulaire n'est revenu, quand il a fait son devoir, sans avoir reçu les honneurs du triomphe. Cela est nouveau: mais ceci l'est encore beaucoup plus : ce vautour de la province (comment les dieux l'ont-ils souffert?) fut appelé *Imperator*.

de la destruction entière de son armée? Néanmoins il s'est montré en cela plus modeste que Gabinius, qui, après avoir porté la désolation dans sa province, a osé demander au sénat, par ses lettres, des prières publiques en actions de grâces.

XVII. Vous n'osiez donc pas même alors, notre nouveau Paul (2), envoyer à Rome vos lettres enveloppées de lauriers. Je lui en ai adressé, dit-il. Qui jamais les a lues? qui a demandé qu'on en fît la lecture? car il ne m'importe pas à présent que, pressé par les remords de vos crimes, vous n'ayez jamais osé écrire à cet ordre que vous aviez méprisé, persécuté, détruit; ou que vos amis aient supprimé (3) vos lettres, et condamné, par leur silence, votre témérité et votre audace : et je ne sais si j'aimerais mieux que vous parus-

frontières de cette province jusqu'en Thrace, et bien loin vers les contrées les plus barbares.

(2) Par ironie: Paul Emile triompha de la Macédoine, et envoya au sénat une relation de ses victoires, enveloppée de lauriers.

(3) Les gouverneurs des provinces envoyaient à leurs amis des lettres que ceux-ci produisaient au sénat, où qu'ils supprimaient, comme ils jugeaient à propos.

malim, te videri nullo pudore fuisse in litteris mit-
tendis, amicos tuos plus habuisse et pudoris et consilii, quàm aut te videri pudentiorem fuisse, quàm
soles, aut tuum factum non esse condemnatum judicio
amicorum (*a*).

40. Quòd si non tuis nefariis in hunc ordinem
contumeliis in perpetuum tibi curiam præclusisses ;
quid tandem erat actum aut gestum in illa provincia',
de quo ad senatum cum gratulatione aliqua scribi abs
te oporteret ? vexatio Macedoniæ ? an oppidorum
turpis amissio ? an sociorum direptio ? an agrorum
depopulatio? an munitio Thessalonicæ? an obsessio
militaris viæ (*b*)? an exercitûs nostri interitus, ferro,
fame, frigore, pestilentiâ ? Tu verò, qui ad senatum
nihil scripseris, ut in urbe nequior inventus es, quàm
Gabinius, sic in provincia paulò tamen, quàm ille,
demissior.

41. Nam ille gurges atque helluo, natus abdo-
mini suo, non laudi atque gloriæ, quum equites Romanos in provincia, quum publicanos, nobiscum et
voluntate et dignitate conjunctos, omnes fortunis,
multos famâ, vitâque privasset ; quum egisset aliud
nihil in illo exercitu, nisi ut urbes depopularetur (*c*),
agros vastaret, exhauriret domos ; ausus est (quid
enim ille non auderet)? a senatu supplicationem per
litteras postulare.

(*a*) *Aut tuum factum*, etc.
Que Pison ait envoyé des lettres, ou qu'il n'en ait pas
envoyé, peu importe à l'o-
rateur ; car, dans le premier
cas, il a fait voir jusqu'où il
portait l'impudence, et dans
le second, il avoue lui-même
qu'il n'a pas mérité l'estime
du sénat.
(*b*) *Militaris viæ*, « des
voies militaires ». Les Romains donnaient ce nom à
celles qui étaient particulièrement destinées au passage
des troupes, et qu'ils faisaient
construire par leurs soldats.
La voie militaire dont parle
ici l'orateur, traversait toute
la Macédoine, et s'étendait
jusqu'à l'Hellespont.
(*c*) *Nisi ut urbes*, etc. Dion
s'exprime en ces termes sur le
compte de Gabinius: «Ce consul

siez avoir été, sans pudeur en envoyant des lettres,
tandis que vos amis firent voir leur retenue et leur
prudence en ne les produisant point; ou que vous pa-
russiez avoir montré plus de modestie qu'à votre ordinaire, et avoir tenu une conduite qui n'a pas été con-
damnée par le jugement de vos amis.

40. Mais quand par vos crimes et vos outrages contre cet ordre, vous ne vous seriez pas privé pour toujours de sa bienveillance : que s'était-il fait enfin ou
passé dans cette province, dont il fallût écrire au sénat avec quelque sorte de congratulation? Fallait-il
l'informer de vos vexations dans la Macédoine? de la
perte honteuse de ses villes? du pillage des alliés? du
saccagement des terres? de la forteresse de Thessalonique (1); du siége des routes militaires; de la destruction entière de notre armée (2) par le fer, la faim, le
froid, la peste? Mais vous qui n'avez rien écrit au sénat, si l'on vous a trouvé dans Rome plus méchant que
Gabinius, vous avez du moins paru dans la province
un peu plus modeste que lui.

41. Car ce gouffre, ce destructeur, né pour son
ventre, et non pour la gloire et l'honneur, après avoir
ruiné dans la province les chevaliers Romains, les gens
d'affaires (3), qui nous sont unis par leur inclination
et par leur rang; après les avoir tous dépouillés de
leurs biens, plusieurs de leur réputation, et même de
leur vie; après n'avoir rien fait avec son armée que
piller les villes, ravager les campagnes, vider les maisons, il a eu l'audace (car que n'oserait-il pas?) de demander au sénat, par ses lettres, qu'il ordonnât des
prières publiques en actions de grâces.

fut un véritable fleau pour la
Syrie; il fit plus de mal à cette
province que les brigands les
plus redoutés, dont le nombre était alors considérable ».

(1) Les ravages que Pison
fit dans Thessalonique, ville
de Macédoine, aujourd'hui
Salonichi ou Salonique, obli-
gèrent les habitans à construire une citadelle. Voyez le

Discours sur les Provinces
Consulaires.

(2) Pison avait laissé périr
les légions que le sénat lui
avait confiées pour garder la
Macédoine.

(3) Les gens d'affaires
étaient tirés de l'ordre des chevaliers : on les considérait à
Rome pour les grands services
qu'ils rendaient.

4

Ils osent déprimer le sort si glorieux de Cicéron, eux qu'on a flétris pour jamais de la manière la plus déshonorante. Leur infamie fait la joie de l'orateur. Il n'appelle point supplice un malheur fortuit, dont l'homme de bien peut être frappé à l'égal des mé-

XVIII. O Dii immortales! tune etiam, atque adeò vos, geminæ voragines scopulique (a) reipublicæ, vos meam fortunam deprimitis? vestram extollitis? quum de me ea senatusconsulta absente facta sint, eæ conciones habitæ, is motus fuerit municipiorum et coloniarum omnium, ea decreta publicanorum, ea collegiorum, ea denique generum, ordinumque omnium, quæ ego non modò optare nunquam auderem, sed cogitare non possem? vos autem sempiternas fœdissimæ turpitudinis notas subieritis?

42. An ego, si te et Gabinium cruci suffixos viderem, majore afficerer lætitiâ ex corporis vestri laceratione, quàm afficior ex famæ (b)? Nullum est supplicium putandum, quo affici casu aliquo etiam boni viri, fortesque possunt. Atque hoc quidem etiam isti tui dicunt voluptarii Græci (c); quos utinam ita audires, ut erant audiendi (d)! nunquam te in tot flagitia ingurgitasses: verùm audis in præsepibus (e); audis in

(a) *Geminæ voragines scopulique.* Des gouffres, où se sont engloutis les revenus des provinces; des écueils, contre lesquels s'est brisé le vaisseau de l'Etat, puisque vous n'avez pas mis de bornes à vos dilapidations, et que vous avez détruit nos libertés.

(b) *Ex famæ,* sous-entendez *laceratione,* « en voyant déchirer votre réputation ». Pison et Gabinius méritaient assurément toute la haine de l'orateur; mais on ne peut s'empêcher de le blâmer, lorsqu'il témoigne avec une telle naïveté combien la vengeance lui était agréable. *Nullum est supplicium*, etc. Les Anciens faisaient consister la peine dans le crime: Cicéron n'en avait souffert aucune, puisqu'il n'avait pas mérité son exil.

(c) *Tui... voluptuarii Græci,* « ces Grecs voluptueux », ces Epicuriens dont vous suivez les instructions.

chans. La véritable peine, le vrai supplice, ce sont
les remords qui suivent le crime, la haine des bons
citoyens, la perte méritée de ses dignités et de l'es-
time publique.

XVIII. O dieux immortels ! vous deux (1), qui êtes
les abîmes et les écueils de la République, vous dé-
primez à présent mon sort ? vous élevez le vôtre ? tandis que dans le sénat on a porté pour moi des décrets
en mon absence, on a prononcé des harangues ; que
les villes municipales. (2) et les colonies ont fait des
mouvemens ; les fermiers publics, les différens corps,
tous les ordres enfin des réglemens que je n'aurais jamais osé, non seulemeut souhaiter, mais que je n'aurais pù même imaginer ? Vous deux, au contraire,
vous avez été flétris pour jamais de la manière la plus
infamante.

42. Si je vous voyais attachés en croix, vous et Gabinius, ressentirais-je plus de joie en voyant vos corps
déchirés, que je n'en ressens de votre infamie ? Il ne
faut pas regarder comme un supplice, ce qui peut arriver par quelque coup du hasard aux gens de bien et
aux grands hommes. Véritablement c'est ce que disent
aussi vos Grecs voluptueux : il serait à souhaiter que
vous les eussiez écoutés, comme ils le devaient être :
vous ne vous seriez pas plongé dans tant de crimes :
mais vous les écoutez dans vos lieux de débauches, au
milieu de vos lubricités, au milieu des repas et des

(d) Ut erant audiendi,
« comme on doit les entendre », lorsqu'ils parlent de
la vertu, de l'honnêteté et de
la probité. La morale d'Epicure n'était pas aussi condamnable qu'on le croit. En faisant rapporter aux plaisirs des
sens tout ce qu'il attribuait
aux plaisirs de l'âme, ses dis-
ciples ont complétement dé-
naturé ss doctrine, et, par

ce moyen, ils ont fait tomber
sur leur chef tout le blâme
que seuls ils méritaient.
(e) In præsepibus, « dans
les lieux de débauches ».
(1) Pison et Gabinius.
(2) Les habitans des villes
municipales, qui étaient à
Rome, n'étaient pas citoyens
Romains ; mais ils en avaient
tous les priviléges, à la réserve
du droit de suffrages.

stupris ; audis in cibo et vino. Sed dicunt isti ipsi (a) ,
qui mala dolore, bona voluptate definiunt, sapien-
tem, etiam si in Phalaridis tauro inclusus succensis
ignibus torreatur, dicturum tamen, suave illud esse (b),
seseque ne tantulum quidem commoveri : tantam virtutis esse vim voluerunt, ut non posset unquam esse
vir bonus non beatus. Quæ est igitur pœna? quod
supplicium ? id, meâ sententiâ, quod accidere nemini
potest, nisi nocenti, suscepta fraus, impedita et oppressa mens conscientiâ, bonorum omnium odium,
nota justi (c) senatûs, amissio dignitatis.

*L'orateur, s'appuyant de plusieurs exemples mémora-
bles, persiste à soutenir que les tourmens, les revers,
la mort même, lorsqu'ils ne sont qu'un coup du hasard, ne constituent pas la peine ; mais que le véritable supplice, c'est la punition du crime. Revenant
à Pison et à Gabinius, il met en évidence leur infamie, puisque le premier n'a su tirer aucune gloire*

XIX. Nec mihi ille M. Regulus, quem Cartha-
ginienses, resectis palpebris, alligatum in machina,
vigilando necaverunt, supplicio videtur affectus ; nec
C. Marius, quem Italia servata (d) ab illo, demersum
in Minturnensium paludibus (e), Africa devicta ab eodem, expulsum et naufragum vidit : fortunæ enim

(a) *Isti ipsi*, « ces mêmes
Epicuriens », fidèles en cela
aux premières maximes de
leur maître.

(b) *Suave illud esse.* Cette
doctrine tient à celle des
Stoïciens, qui ne se plaisaient
que dans l'exagération.

(c) *Justi.* On lit dans
plusieurs éditions *justâ.* L'o-
rateur emploie cette épithète,
parce qu'en effet, si le sénat

était injuste dans sa décision,
elle cesserait d'être une peine
pour celui qui en serait l'objet.

(d) *Italia servata.* Il l'a-
vait sauvée par la défaite des
Cimbres et des Teutons.

(e) *In Minturnensium pa-
ludibus.* Minturne, ville
d'Italie, sur la côte et à l'extrémité du Latium, vers l'embouchure du Liris. Elle éta

vins. Cependant, ces Grecs qui décident que la douleur est le mal, et la volupté le souverain bien, disent
que le sage, quoique enfermé dans le taureau de Phalaris (1) tout embrasé, où il brûlerait, déclarerait
pourtant que ce tourment est doux, et qu'il n'en est
pas même tant soit peu ému : ils ont prétendu que la
vertu a tant de force, que l'homme de bien ne pouvait
jamais qu'être heureux. Quelle est donc la peine? quel
est le supplice? C'est, à mon avis, ce qui ne peut arriver qu'à un criminel, une fourberie méditée et exé-
cutée, une conscience enchaînée par ses remords, la
haine de tous les gens de bien, une tache d'infamie imprimée avec justice par le sénat, la perte de sa dignité.

de son gouvernement de Macédoine, tandis que pres-
que tous les autres gouverneurs de cette province ne
l'ont quittée que comblés d'honneurs ; et que le se-
cond, ayant demandé au sénat des prières publiques,
a vu cet ordre illustre refuser d'ajouter foi à ses
lettres, et lui faire éprouver un refus humiliant.

XIX. Ce M. Régulus (2), que les Carthaginois,
après lui avoir coupé les paupières et l'avoir lié dans
une machine, firent mourir par une insomnie forcée,
ne me paraît pas avoir été supplicié; non plus que
C. Marius (3), que l'Italie qu'il avait sauvée, vit en-
foncé dans les marais de Minturne; que l'Afrique qu'il
avait subjuguée (4), reçut après sa fuite et son nau-

environnée de marais, dans
lesquels Marius s'était réfu-
gié pour se dérober aux pour-
suites des soldats de Sylla.

(1) Cruel tyran d'Agri-
gente, qui faisait renfermer
les criminels dans un taureau
d'airain rougi au feu, pour
les faire périr par cet étrange
supplice.

(2) Prisonnier de guerre
chez les Carthaginois, fut en-

voyé à Rome par eux, pour
faire l'échange des prison-
niers. Il déconseilla cet
échange, et pour cela les Carthaginois le firent mourir.

(3) Qui fut sept fois consul, soutint la guerre civile
contre Sylla, et se tua pour ne
pas tomber entre ses mains.

(4) Dans la guerre de Ju-
gurtha.

ista tela sunt, non culpæ ; supplicium autem est pœna peccati. Neque verò ego, si ue quam vobis mala pre- carer, quod sæpe feci, in quo Dii immortales meas preces audiverunt, morbum, aut morlem, aut, cru- ciàtum precarer. Thyestea ista exsecratio est, poëtæ, vulgi animos, non sapientum, moventis :

Ut tu naufragio expulsus, uspiam saxis fixus asperis,
Evisceratus latere penderes, ut ait ille (a) , *saxa*
    spargens tabo ,
Sanie, sanguine atro.

Non ferrem omnino molestè, si ita accidisset : sed id tamen esset humanum (b). M. Marcellus, qui ter consul fuit, summâ virtute, pietate, gloriâ militari, periit in mari ; qui tamen ob virtutem gloriæ laude vivit : in fortuna quadam est illa mors (c), non in pœna, putanda.

44. Quæ est igitur pœna ? quod supplicium ? quæ saxa ? quæ cruces (d) ? Ecce, duo duces in provinciis populi Romani habere exercitus, appellari impera- tores : horum alterum sic fuisse infirmatum conscientiâ scelerum et fraudum suarum, ut ex ea provincia , quæ fuerit ex omnibus una maximè triumphalis (e) , nullas sit ad senatum litteras mittere ausus. Ex qua pro- vincia modò vir omni dignitate ornatissimus, L. Tor- quatus, magnis rebus gestis, me referente, ab senatu (f) mperator sit appellatus : unde his paucis annis Cn.

(a) *Ut ait ille,* comme dit Ennius », auteur d'une tra- gédie de *Thyeste,* d'où ces vers sout tirés.

(b) *Esset humanum,* « la même chose pourrait arriver à tous les hommes ; un tel événement n'aurait rien d'ex- traordinaire ».

(c) *In fortuna quadam est illa mors,* « cette mort est

comme un coup de la for- tune » .

(d) *Cruces,* « la croix », supplice des esclaves chez les Romains.

(e) *Triumphalis,* « fertile en triomphes ».

(f) *Ab senatu.* Plusieurs éditions portent *absens* (pen- dant son absence), ce qui provient sans doute de l'er-

frage : car ce sont des coups du hasard, et non de la faute ; mais le supplice est la punition du crime. Pour moi, si jamais je vous souhaitais quelque mal (ce que j'ai fait souvent, en quoi les dieux ont exaucé mes prières), je ne demanderais ni la maladie, ni les tourmens, ni la mort. Cette imprécation de Thyeste, est une invention du poète pour émouvoir les cœurs de la populace, et non ceux des sages. *Puissiez-vous, après le naufrage, demeurer attaché sur quelques roches escarpées, les entrailles pendantes,* comme dit le poète, *et arrosant les pierres du pus de vos plaies, de votre sang noir et corrompu.* Je ne serais pas fâché si pareille chose vous arrivait ; mais cependant cet événement n'aurait rien d'extraordinaire. M. Marcellus (1), qui fut trois fois consul, et que son grand courage, sa piété et ses glorieux exploits ont illustré, périt sur mer ; néanmoins, à cause de sa valeur, il vit toujours dans la mémoire des hommes : cette mort doit être regardée comme un coup du hasard, et non comme une peine.

44. Qu'est-ce donc que la peine, le supplice, la roche (2), la croix ? Le voici : deux capitaines à la tête des armées, avec le titre de commandans dans les provinces du peuple Romain ; l'un d'eux a été si abattu par le souvenir intérieur de ses crimes et de ses fraudes, qu'il n'a pas osé envoyer au sénat une seule lettre de cette province (3), qui a occasioné le plus de triomphes. C'est à cause de ses exploits dans cette province, que le très-illustre Torquatus vient d'obtenir du sénat, sur mon rapport (4), le titre d'*Imperator* : nous avons

reur des copistes, qui, ayant lu *ab sen.* dans les anciens manuscrits, auront rapproché les deux mots en y ajoutant un *s.* Pour admettre cette version, il faudrait supposer que L. Torquatus n'avait pas été appelé *Imperator* par son armée, comme cela se pratiquait ordinairement, et que le sénat avait pris l'initiative.

(1) Petit-fils de celui qui prit Syracuse. Il périt dans un naufrage vers les côtes d'Afrique, un peu avant la troisième guerre Punique.

(2) Tarpéienne. Elle était extrêmement haute : c'était un endroit de Rome, sur la montagne du Capitole, d'où l'on précipitait certains criminels, entre autres les faux témoins, après qu'ils avaient été battus de verges.

(3) La Macédoine.

(4) Cicéron, étant consul,

Dolabellæ (a), C. Curionis, M. Luculli justissimos
triumphos vidimus : ex ea, te imperatore, nuntius
ad senatum allatus est nullus.

45. Ab altero allatæ litteræ, recitatæ, relatum ad
senatum. Dii immortales ! idne ego optarem, ut inimicus meus eâ, quâ nemo unquam, ignominiâ nota-
retur ? ut senatus is, qui in eam jam benignitatis consuetudinem venit, ut eos, qui bene rempublicam ges-
serint, novis honoribus afficiat, et numero dierum,
et genere verborum (b); hujus unius litteris nuntiantibus non crederet ? postulantibus (c) denegaret ?

*La haine et le mépris universel, qui accablent Pison et
Gabinius, mettent le comble aux vœux de l'orateur;
il avoue qu'il les leur a souhaités, et il s'applaudit
de ce que les dieux semblent l'avoir exaucé même au-
delà de ses désirs, en les frappant tous deux de cet*

XX. His ego rebus pascor, his delector, his perfruor (d); quòd de vobis hic ordo opinatur non secus,
ac de teterrimis hostibus : quòd vos equites Romani,
quòd cæteri ordines, quòd cuncta civitas odit : quòd
nemo bonus, nemo denique civis est, qui modò se
civem esse meminerit, qui vos non oculis fugiat, auribus respuat, animo aspernetur, recordatione denique
ipsâ consulatûs vestri perhorrescat.

46. Hæc ego semper de vobis expetivi, hæc opta-

proposa au sénat de donner
à Torquatus le nom d'*Imperator*, que les soldats lui
avaient déjà donné.

(a) *Cn. Dolabellæ,* « de Cn.
Dolabella, le même qui fut
accusé par César. *C. Curionis,*
« de C. Curion », qui triompha des Dardaniens l'an de

Rome 681. Lucullus triom-
pha un an après. L'orateur
appelle leurs triomphes *justissimos*, parce qu'ils n'é-
taient dûs ni à la faveur ni
aux factions.

(b) *Numero dierum*, par
le nombre des jours que le
sénat ordonne de consacrer

aussi vu, il y a quelques années, les triomphes qu'y ont si justement mérités Dolabella, Curion, Lucullus; mais pendant que vous en avez été gouverneur, il n'est venu vers le sénat aucun courrier de votre part.

45. De la part de l'autre(1), on apporta des lettres, on les lut, on en fit le rapport au sénat. O dieux immortels! aurais-je souhaité que mon ennemi fût noté de cette infamie, dont jamais personne avant lui n'a été marqué; que ce sénat, qui, par son humanité aujourd'hui habituelle, accorde à ceux qui ont bien administré les affaires de la République, de nouveaux honneurs, et par de fréquentes actions de grâces, et par des éloges particuliers, n'ajoutât aucune foi aux lettres de ce seul homme; et qu'il refusât les prières publiques à ceux qui les demandaient?

esprit de vertige, qui est la punition des impies et des scélérats. Pison, en effet, n'était plus dans son bon sens, lorsque, sans l'ordre du peuple et du sénat, il a congédié l'armée de Macédoine.

XX. Ces choses me plaisent, me charment, je m'en nourris, pour ainsi dire, parce que cet ordre vous regarde comme les ennemis les plus funestes; parce que les chevaliers Romains, les autres ordres, toute la ville même, vous haïssent; parce qu'il n'y a point d'honnête homme, en un mot, pas de citoyen vraiment sensible à ce nom, qui n'évite de vous voir, ne refuse de vous écouter, ne vous méprise intérieurement, qui enfin ne soit saisi d'horreur au souvenir seul de votre consulat.

46. Voilà ce que je vous ai toujours souhaité; voilà

aux prières publiques et aux actions de grâces, dans les temples des dieux ; *genere verborum*, par les expressions mêmes employées dans son ordonnance.

(c) *Nuntiantibus*, sous-entendez, *res a Gabinio gestas. Postulantibus*, sous-entendez, *suppplicationem.*

(d) *His rebus pascor, his delector, his perfruor.* Nous avons déjà fait remarquer l'inconvenance de ces aveux, que ne se permettra jamais un orateur chrétien.

(1) Gabinius.

vi, hæc precatus sum : plura etiam acciderunt, quàm vellem : nam, ut amitteretis exercitum, nunquam mehercule optavi. Illud etiam accidit præter optatum meum ; sed valde ex voluntate : mihi enim non venerat in mentem furorem et insaniam optare vobis, in quam incidistis : atqui fuit optandum : me tamen fugerat, Deorum immortalium has esse in impios et consceleratos pœnas certissimas constitutas. Nolite enim putare, Patres conscripti, ut in scena videtis, homines consceleratos impulsu deorum terreri Furiarum tædis ardentibus. Sua quemque fraus, suum facinus, suum scelus, sua audacia de sanitate ac mente deturbat : hæ sunt impiorum furiæ, hæ flammæ, hæ faces.

47. Ego te non vecordem, non furiosum, non mente captum, non tragico illo Oreste, aut Athamante dementiorem putem, qui sis ausus primùm (a) facere (nam id est caput) deinde paulò antè, Torquato, gravissimo et sanctissimo viro, premente, confiteri, te provinciam Macedoniam, in quam tantum exercitum transportasses, sine ullo milite reliquisse ? Mitto de amissa maxima parte exercitûs ; sit hoc infelicitatis tuæ : dimittendi verò exercitûs quam potes afferre causam ? quam potestatem habuisti ? quam legem ? quod senatusconsultum ? quod jus ? quod exemplum ? Quid est aliud furere, non cognoscere homines (b), non cognoscere leges, non senatum, non civitatem ? cruentare corpus suum ? major hæc est vitæ, famæ,

---

(a) *Primùm facere*, c'est-à-dire, *sine ullo milite provinciam relinquere, deinde confiteri*, etc.

(b) *Non cognoscere homines.* Sous-entendez *nisi* ou *quàm* avant *non cognoscere.* Tout ce qui suit n'est que l'interprétation du verbe *furere.*

(1) Suivant les païens, les dieux punissaient souvent par la frénésie, les grands scélérats.

(2) Fils d'Agamemnon et de Clytemnestre, tua sa mère : voilà pourquoi il fut possédé par les furies.

pour vous mes désirs et mes vœux : il en est même arrivé plus que je ne voulais ; car assurément je n'ai jamais souhaité que vous perdissiez notre armée ; il vous est encore arrivé une chose sans que je la souhaitasse, mais elle est fort à mon gré ; je parle de votre folie : car il ne m'était point venu dans l'esprit de vous souhaiter à tous deux la fureur et la frénésie (1) dont vous avez été attaqués ; ce que l'on aurait dû vous souhaiter. J'avais cependant oublié que les dieux avaient établi, contre les impies et les infâmes, ces punitions inévitables : car ne croyez pas, Pères conscrits, que les scélérats soient, comme vous le voyez sur la scène, épouvantés par les torches ardentes des Furies animées par les dieux. Chaque coupable est tourmenté par ses fourberies, par ses crimes, par ses impiétés, par son audace, qui lui troublent l'esprit et la raison. Ce sont-là les furies, les flambeaux, les torches ardentes qui consument les impies.

47. Comment ne vous regarderais-je pas comme un extravagant, un furieux, un fou, un homme plus insensé que ce tragique Oreste (2) et cet Athamas (3), vous qui premièrement avez eu la hardiesse (ce qui est le plus à considérer) de laisser sans soldat la province de Macédoine, où vous aviez transporté une armée si considérable ; ensuite d'en avoir fait l'aveu, il y a peu de temps, à Torquatus, homme très-vertueux et très-recommandable, qui vous pressait d'en convenir. Je ne parle point de la perte de la plus grande partie de notre armée, je veux que ce soit une suite de votre malheur. Mais quelle raison pouvez-vous apporter d'avoir congédié l'armée ? quelle autorité, quelle loi, quel décret du sénat, quel droit, quel exemple vous a autorisé à le faire ? Etre en fureur, est-ce autre chose que de ne connaître ni les hommes, ni les lois, ni le sénat, ni la ville : c'est peu de mettre son propre corps tout en sang ; une plaie faite à son honneur, à ses mœurs, à sa réputation, est beaucoup plus considérable. Si vous eussiez renvoyé

(3) Roi de Thèbes, qui, dans la fureur et la frénésie, tua son fils Léarque, qu'il prit pour une bête féroce, et mit son autre fils Mélicerte dans une chaudière, pour le faire cuire.

salutis suæ vulneratio. Si familiam tuam dimisisses ,
quod ad neminem, nisi ad ipsum te, pertineret, amici
te tui constringendum putarent : præsidium tu populi
Romani, custodiam provinciæ, injussu populi sena-
tûsque dimisisses , si tuæ mentis compos fuisses ?

Folie de Gabinius, prouvée par l'exposé de ses concus-
sions et de ses actes criminels dans son gouvernement
de Syrie, et surtout par sa conduite à l'égard du roi

XXI. Ecce tibi alter, effusâ jam maximâ prædâ,
quam ex fortunis publicanorum, ex agris urbibusque
sociorum exhauserat, quum partim ejus prædæ pro-
fundæ libidines devorassent, partim nova quædam et
inaudita luxuries (*a*) , partim etiam in illis locis, ubi
omnia diripuit, emptiones, partim permutationes ad
hunc Tusculanum montem exstruendum (*b*): quum jam
egeret ; quum illa ejus immensa et intolerabilis ædifi-
catio constitisset (*c*) ; se ipsum, fasces suos, exercitum populi Romani, numen interdictumque Deorum
immortalium, responsa sacerdotum, auctoritatem senatûs, jussa populi, nomen ac dignitatem imperii, regi
Ægyptio vendidit.

49. Quum fines provinciæ tantos haberet, quantos
voluerat, quantos optaverat, quantos mei capitis pre-
tio, periculoque emerat (*d*) ; his se tenere non potuit :
exercitum eduxit ex Syria. Quî licuit extra provinciam ?
Tribuit se mercenarium comitem regi Alexandrino.
Quid hoc turpius ? In Ægyptum venit : signa contulit

(*a*) *Luxuries.* Cette expression n'est pas ici synonyme
de *libido*. *Libido* signifie la
convoitise, et *luxuries* , le
luxe, la profession.

(*b*) *Ad hunc Tusculanum*
montem exstruendum, « pour
bâtir sa maison de Tuscule »,
si vaste et si haute qu'elle pa-

raissait une montagne élevée
sur une autre montagne.
Tuscule était une ancienne
ville d'Italie, bâtie sur une
hauteur, à 3 l. de Rome. On
l'appelle auj. *Frascati.*

(*c*) *Constitisset*, « fut restée en chemin, n'eût pu être
achevée » , faute de fonds.

vos gens , comme cela ne regardait personne que vous-
même , vos amis auraient pensé qu'il eût fallu vous lier.
Auriez-vous, sans l'ordre du peuple et du sénat, congédié les forces du peuple Romain et la garde de la province , si vous eussiez été dans votre bon sens ?

*d'Egypte , auquel il s'était vendu lui et son armée, et
qu'il rétablit dans son royaume, au mépris des lois et
de la religion.*

XXI. Voici comment s'est comporté cet autre (1)
vous-même : après avoir prodigué l'immense butin qu'il
avait tiré des biens des fermiers publics, des terres et
des villes des alliés; après que par ses extrêmes débauches, il eut dévoré une partie de ce butin, une
autre par des excès nouveaux et inouïs jusqu'alors,
une autre en acquisitions dans les lieux d'où il enleva
tout, le reste en échanges; pour élever aussi haut qu'une
montagne, un bâtiment près de Tuscule; se voyant enfin réduit à l'indigence, et cet énorme édifice étant demeuré imparfait, il vendit au roi d'Egypte sa propre
personne, ses faisceaux, l'armée du peuple Romain,
les oracles (2) des dieux immortels, les réponses des prê-
tres, l'autorité du sénat, les ordonnances du peuple, la
gloire et la dignité de l'empire.

49. Quoique les frontières de sa province fussent
poussées aussi loin qu'il l'avait voulu, qu'il l'avait souhaité, et qu'il en avait acheté le pouvoir au prix de
ma fortune et de ma tête, il ne put s'y renfermer. Il fit
sortir son armée de la Syrie. Comment lui a-t-il été
permis d'éloigner ses troupes de sa province? Il se mit
à la solde du roi d'Alexandrie (3) pour le suivre; est-
il quelque chose de plus honteux? Il alla en Egypte,

(d) *Emerat.* Le vendeur
était P. Clodius, qui fit donner à Pison le gouvernement
de la Macédoine, et à Ga-
binius celui de la Syrie.

(1) Gabinius.

(2) Cicéron se sert ici *d'in-
terdictum*, ayant égard peut-

être aux oracles des Sibylles ,
qui défendaient d'envoyer les
armées Romaines au secours
du roi d'Egypte.

(3) Ptolémée Aulète , roi
d'Egypte , chassé de son
royaume, à cause de ses crimes, vint à Rome demander

cum Alexandrinis. Quando hoc bellum, aut hic ordo,
aut populus susceperat? Cepit Alexandriam. Quid
aliud exspectamus a furore ejus, nisi ut senatum tantis
de rebus gestis litteras mittat?

50. Hic si mentis esset suæ, nisi poenas patriæ
Diisque immortalibus eas, quæ gravissimæ sunt, furore atque insaniâ penderet; ausus esset (mitto exire
de provincia) educere exercitum, bellum suâ sponte
gerere, in regnum injussu populi aut senatûs accedere?
quæ quum plurimæ leges veteres, tum lex Cornelia (a)
majestatis, Julia de pecuniis repetundis, planissimè
vetant: sed hæc omitto. Ille, si non acerrimè fureret,
auderet (b), quam provinciam P. Lentulus amicissimus huic ordini, quum et auctoritate senatûs, et sorte
haberet, interpositâ religione, sine ulla dubitatione
deposuisset, eam sibi adsciscere, quum etiam si reli-
gio non impediret, mos majorum tamen, et exempla,
et gravissimæ legum poenæ vetarent?

*Parallèle entre le retour de Cicéron et de Pison; l'un
marchant, comme en triomphe, au milieu du concours général des habitans de l'Italie, comblé d'honneurs sur son passage et à son entrée dans Rome,
réintégré par les pontifes, les consuls et le sénat dans*

XXII. Sed quoniam fortunarum contentionem (c)

du secours: on le lui refusa. Gabinius, corrompu par son argent, alla le secourir.

(a) *Lex Cornelia*, « la loi Cornélia », proposée par le dictateur L. Cornélius Sylla, contre ceux qui se rendaient coupables du crime de lèse-majesté. *Julia*, « la loi Julia ». Jules César, son auteur, l'avait fait porter contre les concussionnaires.

(b) *Auderet adsciscere sibi eam provinciam, quam P. Lentulus*, etc., « aurait-il osé s'arroger une fonction que P. Lentulus, etc. » Prenant d'abord en considération la demande de Ptolémée, le sénat avait arrêté que les consuls P. Lentulus Spinther et Q. Métellus Népos tireraient au sort les provinces d'Espagne et de Cilicie, et

combattit contre les Alexandrins ; en quel temps, ou
le sénat, ou le peuple avait-il entrepris cette guerre ?
Il s'empara d'Alexandrie. Qu'attendions-nous de plus
de sa fureur, sinon qu'il informât par lettres le sénat
de ses grandes actions ?

50. S'il eût été alors dans son bon sens, si sa fureur
et sa folie ne lui eussent pas fait ressentir les punitions
très-sévères qu'il méritait de la patrie et des dieux immortels, aurait-il osé (je passe sous silence sa sortie
de son gouvernement) en faire sortir son armée, faire
la guerre de son propre mouvement, entrer dans ce
royaume sans les ordres du peuple ou du sénat ? entreprises que plusieurs lois anciennes, la loi Cornélia sur
les crimes d'Etat, la loi Julia sur les concussions, dé-
fendent très-clairement. Mais je passe tout cela sous
silence. Si cet homme n'eût pas été extrêmement furieux, aurait-il osé s'attribuer une fonction que Lentulus, attaché particulièrement à cet ordre, avait aban-
donnée sans hésiter, par respect pour la religion,
quoiqu'il la tînt du sénat et du sort ? Car, quand même
la religion ne s'y serait pas opposée (1), les coutumes,
les exemples de nos pères et les peines les plus rigoureuses, portées par les lois, le défendaient.

sa maison, rebâtie des deniers publics ; l'autre oblige
de cacher sa route, ne marchant que de nuit, et ren-
trant dans la ville presque à l'insçu de tout le monde,
comme un infâme qui ne pouvait que la souiller par
sa présence.

XXII. Mais puisque nous avons commencé à com

que celui des deux qui aurait la dernière en partage, serait chargé de protéger le monarque Egyptien. P. Lentulus, à qui le sort venait de confier l'exécution des ordres du sénat, allant obéir, lorsqu'il apprit que les livres des Sibylles défendaient de rétablir le roi d'Egypte par la force des armes. Il se démit de son commandement, par respect pour la religion, et ce fut alors que Gabinius, sans aucune autorisation, entreprit de faire ce que Lentulus avait refusé.

(c) *Fortunarum conten-*
tionem, « la comparaison de
nos fortunes », c'est-à-dire,
de l'état de nos affaires.

(1) Les livres Sibyllins défendaient de rétablir le roi
d'Egypte.

facere cœpimus; de reditu Gabinii omittamus : quem
etsi sibi ipse præcidit, ego tamen os (a) ut videam
hominis, exspecto. Tuum, si placet, reditum cum meo
conferamus. Ac meus quidem is fuit, ut a Brundisio
usque Romam agmen perpetuum totius Italiæ viderem : neque enim regio fuit ulla, neque municipium,
neque præfectura, aut colonia, ex qua non publicè ad
me venerint gratulatum. Quid dicam adventus meos ?
quid effusiones hominum ex oppidis ? quid concursum
ex agris patrumfamiliâs cum conjugibus ac liberis ?
quid eos dies, qui quasi Deorum immortalium festi
ac solennes, sunt adventu meo, redituque celebrati ?

52. Unus ille dies mihi quidem immortalitatis in-
star fuit, quo in patriam redii, quum senatum egressum (b) vidi, populumque Romanum universum; quum
mihi ipsa Roma propè convulsa sedibus suis, ad com-
plectendum conservatorem suum procedere visa est :
quæ me ita accepit, ut non modò omnium generum,
ætatum, ordinum omnes viri ac mulieres, omnis fortunæ ac loci, sed etiam moenia ipsa viderentur, et
tecta urbis, ac templa lætari. Me consequentibus
diebus in ea ipsa domo, quâ tu me expuleras, quam
expilâras, quam incenderas, pontifices, consules,
Patres conscripti collocaverunt, mihique, quod ante
me nemini, pecuniâ publicâ ædificandam domum
censuerunt.

53. Habes reditum meum. Confer nunc vicissim
tuum, quandoquidem, amisso exercitu, nihil inco-
lume domum, præter os illud pristinum tuum, retu-
listi; qui primùm, quâ veneris cum laureatis tuis licto-

(a) Os, pour *impuden-*
tiam.
(b) *Senatum egressum.*
Dans l'origine, le sénat en
corps ne quittait le lieu de ses
séances que pour aller au-

devant des triomphateurs.
(1) Ville de Calabre sur la
mer Adriatique, avec un bon
port, d'où les Romains partaient pour aller en Asie.

parer l'état de nos affaires, ne parlons point du retour
de Gabinius : quoiqu'il s'en soit lui-même fermé le chemin, j'espère cependant voir l'effronterie de cet homme.
Comparons, si vous le jugez à propos, votre retour avec
le mien. Quant au mien, il fut tel que, depuis Brindes (1) jusqu'à Rome, ce fut un concours perpétuel de
toute l'Italie : car il n'y eut ni contrée, ni ville municipale, ni préfecture (2), ni colonie, d'où il ne soit venu publiquement des députés pour me féliciter. Que
dirai-je de mon passage sur la route, de cette affluence
de gens qui accouraient de toutes les villes, de ce concours de pères de famille qui sortaient des campagnes
avec leurs femmes et leurs enfans, de ces jours célé-
brés pour mon arrivée et mon retour, comme les fêtes
et les solemnités des dieux immortels ?

52. Ce jour de ma rentrée dans ma patrie, fut lui
seul pour moi comme un titre de l'immortalité même ;
puisque je vis le sénat et tout le peuple Romain sortir,
et que Rome elle-même, s'étant pour ainsi dire arra-
chée de son siége, me parut s'avancer pour embras-
ser son conservateur. Par la réception que l'on me fit,
il paraissait que non seulement tous les hommes et toutes les femmes, de quelque condition, âge, ordre, lieu,
fortune, qu'ils fussent ; mais même les murailles, les
maisons et les temples de cette ville, étaient dans la joie.
Les jours suivans, les pontifes, les consuls, les sénateurs, me rétablirent dans l'endroit même de cette
maison, dont vous m'aviez chassé, que vous aviez dé-
pouillée, que vous aviez fait brûler (3) : et faisant en
ma faveur ce qui n'a jamais été fait pour personne, ils
ordonnèrent qu'elle fût rebâtie des deniers publics.

53. Vous savez quel fut mon retour. Comparez-lui
maintenant le vôtre, puisque après avoir perdu l'armée, vous ne rapportâtes chez vous d'entier que votre
ancienne effronterie. Qui sait premièrement par quelle

(2) Les habitans des villes,
nommées préfectures, étaient
citoyens Romains. Leurs magistrats avaient le nom de
préfets, d'où leur venait le
nom de préfecture.

(3) La maison de Cicéron
avait été brûlée pendant son
exil ; elle fut rebâtie aux dé-
pens de la République.

ribus quis scit? quos tum Mæandros (a), dum omnes
solitudines persequeris, quæ diverticula flexionesque
quæsisti? quod te municipium vidit? quis amicus invitavit? quis hospes adspexit? nonne tibi nox erat
pro die? non solitudo pro frequentia? caupona pro
oppido? non ut redire ex Macedonia nobilis imperator (b), sed ut mortuus infamis referri videretur? Romam verò ipsam fœdavit adventus tuus.

Nouveaux détails sur la rentrée de Pison dans Rome :
ses propres lieutenans, eux qui, par leur valeur, lui
avaient fait obtenir le titre d'Imperator, ne daignè-
rent pas même sortir de leurs maisons pour aller à
sa rencontre; ses licteurs furent obligés de quitter

XXIII. O familiæ non dicam Calpurniæ, sed Cal-
ventiæ; neque hujus urbis, sed Placentini munici-
pii; neque paterni generis, sed braccatæ (c) cogna-
tionis dedecus ! quemadmodum venisti? quis tibi,
non dicam horum, aut civium cæterorum, sed tuorum
legatorum obviàm venit? mecum enim tum L. Flaccus, vir tuâ legatione indignissimus (d), atque iis consiliis, quibus mecum in consulatu meo conjunctus
fuit ad conservandam rempublicam, dignior, mecum
fuit tum, quum te quidam non longè a porta cum lictoribus errantem visum esse narrabat : scio item vi-
rum fortem in primis, belli ac rei militaris peritum,

(a) *Mæandros*, « dé-
tours ». Par allusion au fleuve
Méandre, qui se replie un
grand nombre de fois sur lui-
même, avant d'arriver à la
mer.

(b) *Nobilis imperator*,
« un illustre général », par
ironie. On a vu plus haut que
Pison avait reçu de son armée
le titre d'*Imperator*.

(c) *Braccatæ*, à cause des
brayes ou culottes que portaient les habitans de la
Gaule, appelée *braccata*.

(d) *Indignissimus*, attendu
qu'à cause de son talent et de
ses vertus, il ne méritait pas
d'être réduit à servir sous un
homme aussi lâche et aussi vil
que Pison.

(1) Le beau-père du père de

routé vous revîntes avec vos licteurs chargés de lauriers? combien aviez-vous cherché de détours, de faux-
fuyans dans tous les déserts que vous parcouriez?
quelle ville municipale vous a vu? quel ami vous a in-
vité? quel hôte vous a regardé? ne préfériez-vous pas
la nuit au jour; les lieux retirés au grand monde; les
tavernes aux villes? Votre retour ne paraissait-il
pas moins le retour d'un fameux général qui revenait
de Macédoine, que le transport d'un infâme qui y était
mort? Rome même fut souillée par votre retour.

leurs habits militaires et de prendre la robe, pour
lui composer une espèce de cortége; il est le seul
qui, chargé d'un gouvernement consulaire, n'ait point
reçu les honneurs du triomphe en revenant de Macé-
doine.

XXIII. O la honte de la famille, je ne dirai pas des
Calpurniens, mais des Calventius (1); non de Rome,
mais de Plaisance (2) la municipale; non d'une race paternelle, mais d'une parenté gauloise (3)! en quel équi-
page êtes-vous venu? quelqu'un, je ne dis pas des sénateurs, ni des autres citoyens, mais de vos lieutenans, a-t-il été au devant de vous? Car Flaccus (4),
que vous ne méritiez pas d'avoir pour lieutenant, qui
est digne de toutes sortes d'éloges pour ses bons conseils,
et qui m'a toujours été attaché pendant mon consulat
pour conserver la République, était avec moi, lorsque
quelqu'un vint nous dire qu'on vous avait vu assez près
de la porte rôder avec vos licteurs. Je sais aussi que le

Pison s'appelait Calventius; c'était un crieur public, origi-
naire de Milan. L'origine paternelle des Pisons était les
Calpurniens. Telle fut l'infamie de celui-ci, qu'il dés-
honorait même ses aïeux du côté maternel, ces Gaulois in-
connus de qui descendait ce Calventius.
(2) Cette ville est située dans l'Italie, sur le Pô; c'é-
tait une colonie Romaine, avec le droit des villes municipales.
(3) Le Milanais était alors de la Gaule Cisalpine.
(4) Homme d'honneur et de courage, qui fut d'un grand
secours à Cicéron, pour dé-couvrir la conjuration de Catilina.

familiarem meum, Q. Marcium (*a*), quorum tu legatorum prælio imperator appellatus eras, quum non
longè abfuisses, adventu isto tuo domi fuisse otio-
sum.

55. Sed quid ego enumero, qui tibi obviàm non
venerint, qui dico venisse penè neminem, ne de of-
ficiosissima quidem natione candidatorum, quum vulgò essent et illo ipso, et multis antè diebus admoniti,
et rogati. Togulæ lictoribus ad portam præstò fuerunt; quibus illi acceptis, sagula rejecerunt, et ca-
tervam imperatori suo novam præbuerunt. Sic iste,
tanto exercitu, tantâ provinciâ, triennio pòst Mace-
donicus imperator in urbem se intulit, ut nullius ne-
gotiatoris obscurissimi reditus unquam fuerit deser-
tior : in quo me tamen, qui esset paratus ad se defen-
dendum, reprehendit : quum ego Cœlimontanâ portâ
introisse dixissem, sponsione (*b*) me, ni Esquilinâ
introisset, homo promptissimus lacessivit : quasi verò
id aut ego scire debuerim, aut vestrûm quispiam au-
dierit ; aut ad rem pertineat, quâ tu portâ introieris,
modò ne Triumphali ; quæ porta Macedonicis semper
proconsulibus ante te patuit : tu inventus es, qui cou-
sulari imperio præditus, ex Macedonia non trium-
phares.

(*a*) *Q. Marcium*, Q. Marcius Rex, autre lieutenant de
Pison, qui, au rapport de
Dion, avait été proconsul en
Cilicie. Pour affaiblir la gloire
de son ennemi, l'orateur in-
sinue qu'il ne devait le titre
dont ses soldats l'avaient honoré, qu'à la valeur de ses
deux lieutenans.

(*b*) *Sponsione*, « par une
gageure ».

(1) On appelait ainsi ceux
qui briguaient des charges,
parce qu'ils portaient une
robe blanche. Ils s'attachaient
au premier venu pour avoir
son suffrage.

(2) Les Licteurs de Pison,
afin qu'on les prît pour des
citoyens venus de Rome au-
devant du consul, quittèrent
leurs habits militaires, et
se vêtirent de robes avant
d'aller au Capitole rendre
grâces aux dieux.

(3) L'une des sept monta-
gnes de Rome, aisni nommée
de Célius Vibonnus, grand
capitaine, qui vint avec ses
troupes au secours de Romulus contre les Sabins. On l'ap-

très-brave, le très-habile guerrier, Q. Marcius, mon ami,
était tranquillement chez lui, pendant votre célèbre
arrivée : c'est par la bataille que gagnèrent ces braves
lieutenans, que vous obtîntes le titre d'*Imperator*,
parce qu'alors vous n'étiez pas loin du combat.

55. Mais pourquoi fais-je le dénombrement de ceux
qui n'ont pas été au-devant de vous? moi qui soutiens
qu'il n'y vint presque personne, même parmi ces can-
didats (1) si officieux, quoique ce jour-là même, et
plusieurs jours auparavant, ils eussent été publiquement invités et sommés de s'y trouver. Les petites robes (2) pour vos licteurs se trouvèrent à point nommé à la porte de la ville : quand ils les eurent reçues,
ils quittèrent leurs habillemens de guerre, et firent à
leur général un cortége vraiment nouveau. Après avoir
été pourvu d'une grande armée, d'une si vaste province, ce commandant de la Macédoine, depuis trois
ans, se rendit à Rome avec si peu d'éclat, que jamais
le retour du négociant le plus inconnu n'a été moins
célébré. Cependant c'est en cela même qu'il me re-
prend : il était toujours prêt à se défendre. Comme j'a-
vais dit qu'il était entré par la porte du mont Célius (3),
cet homme fort prompt voulut gager avec moi qu'il
était entré par la porte du mont Esquilin (4) : comme
si j'eusse dû le savoir, ou que quelqu'un de vous, Messieurs, en eût entendu parler; ou qu'il importât de savoir par quelle porte vous êtes entré, dès que ce ne
fut point par la porte Triomphale (5), par laquelle tous
les proconsuls de Macédoine ont toujours passé. Vous
êtes le seul qui, honoré d'un gouvernement consulaire,
n'ayez point reçu les honneurs du triomphe en revenant de Macédoine.

pelle aujourd'hui à Rome la
porte St.-Jean.

(4) Montagne de Rome, qui
avait pris ce nom des gardes
que Romulus y posta contre
Tatius, dont il se défiait. La
porte qui s'y trouve, est aujourd'hui la porte St.-Lau-
rent. Avant Tibère, on ne
l'ouvrait que pour faire sortir
les condamnés, lorsqu'on les

menait au lieu de l'exécution,
qui était hors de la ville.

(5) Il n'y avait que ceux
qui étaient honorés du triomphe, qui entraient dans Rome
par cette porte le jour de cette
cérémonie. Elle conduisait
au champ de Mars, et était
peu éloignée du cirque de Flaminius.

Vainement Pison voudrait s'excuser, en disant qu'il n'a pas souhaité le triomphe ; ses efforts pour obtenir le gouvernement d'une province détruisent cette allégation. S'il faisait peu de cas du triomphe, lorsque, livrant l'Etat tout entier à d'infâmes brigands, il a stipulé pour récompense qu'on lui accor-

XXIV. At audistis, Patres conscripti, philosophi vocem : negavit, se triumphi cupidum unquam fuisse. O scelus, ô pestis, ô labes! quum exstinguebas senatum, vendebas auctoritatem hujus ordinis, addicebas tribuno plebis consulatum tuum, rempublicam evertebas, prodebas caput et salutem meam unâ mercede provinciæ : si triumphum non cupiebas, cujus tandem rei te cupiditate arsisse defendes? sæpe enim vidi, qui et mihi, et cæteris cupidiores provinciæ viderentur, triumphi nomine tegere, atque velare cupiditatem suam. Hoc modo D. Silanus consul in hoc ordine, hoc meus etiam collega (a) dicebat : neque enim quisquam potest exercitum cupere, apertèque petere, ut non prætexat cupiditatem triumphi.

57. Quòd si te senatus, populusque Romanus aut non appetentem, aut etiam recusantem bellum suscipere, exercitum ducere coegisset; tamen erat angusti animi atque demissi, justi triumphi honorem atque dignitatem contemnere : nam, ut levitatis est, inanem aucupari rumorem; ut omnes umbras etiam falsæ gloriæ consectari : sic levis (b) est animi, lucem splendoremque fugientis, justam gloriam, qui est fructus veræ virtutis honestissimus, repudiare. Quum

(a) *Meus collega.* C. Antonius.

(b) *Levis.* Quelques commentateurs prétendent qu'il faut lire *lævi*, c'est-à-dire, *sinistri*, *stolidi*, *infelicis.* Manutius aimerait mieux *vilis.*

derait la Macédoine, il n'était donc entraîné que par l'aveugle fureur du pillage. Etrange philosophie! O combien étaient insensés tous ces grands hommes qui se sont laissés séduire par l'espoir du triomphe, et qui n'ont pas dédaigné d'en recevoir les honneurs!

XXIV. Mais vous avez entendu, Messieurs, le langage de ce philosophe. Il a dit qu'il n'avait jamais souhaité le triomphe. O scélérat, ô peste, ô infâme! Dans le temps que vous anéantissiez le sénat, que vous vendiez l'autorité de cet ordre, que vous abandonniez les rênes de votre consulat à un tribun du peuple, que vous bouleversiez la République, que, pour le seul prix du gouvernement d'une province, vous livriez ma tête et ma vie : si vous n'étiez pas alors passionné pour le triomphe, de quel plus grand désir, pour vous justifier, direz-vous que vous étiez embrasé? car j'ai souvent vu que ceux qui me paraissaient, ainsi qu'aux autres, désirer avec le plus d'ardeur le gouvernement d'une province, couvraient et voilaient leur cupidité sous le prétexte d'obtenir l'honneur du triomphe. D. Silanus (1), pendant son consulat, et mon collègue même, se servirent de ce prétexte dans le sénat : car personne ne peut rechercher avec empressement et demander ouvertement le commandement d'une armée, qu'il n'allègue pour excuse sa passion pour le triomphe.

57. Mais si le sénat et le peuple Romain vous eussent forcé, malgré votre indifférence ou même votre répugnance, de conduire une armée et de faire la guerre, ce serait au moins la marque d'un cœur qui n'a rien de grand, et d'un esprit rampant, de mépriser l'honneur et l'éclat du triomphe : car comme il est d'un esprit léger de tâcher d'acquérir une réputation frivole, et de courir après l'ombre d'une fausse gloire, de même est-il d'un esprit faible et ennemi d'une éclatante réputation, de refuser une gloire légitime, récompense la plus honorable de la véritable vertu. Et puisque ce n'est

(1) Cicéron fut consul l'an de Rome 691. Silanus lui succéda, et fut envoyé en Espagne pour apaiser les troubles.

verò non modò non postulante atque cogente, sed
invito atque oppresso senatu, non modò nullo populi
Romani studio, sed nullo ferente suffragium libero (a),
provincia tibi ista manupretium (b) fuerit non eversæ
per te, sed proditæ civitatis : quumque omnium tuorum scelerum hæc pactio exstiterit, ut, si tu totam
rempublicam nefariis latronibus tradidisses, Macedonia tibi ob eam rem, quibus tu finibus velles, red-
deretur : quum exhauriebas ærarium : quum orbabas
Italiam juventute : quum mare vastissimum hieme
transibas : si triumphum contemnebas, quæ te, præ-
do amentissime, nisi prædæ ac rapinarum cupiditas
tam cæca rapiebat ?

58. Non est integrum (c) Cneio Pompeio, consilio jam uti tuo : erravit enim : non gustârat istam
tuam philosophiam : ter jam homo stultus triumphavit. Crasse, pudet me tuî : quid est, quòd confecto
per te formidolosissimo bello, coronam illam lauream tibi tantopere decerni volueris a senatu? P. Ser-
vili, Q. Metelle, C. Curio, P. Africane (d), cur non
hunc audistis tam doctum hominem, tam eruditum,
priùs quàm in istum errorem induceremini? C. ipsi
Pomptino (e), necessario meo, jam non est integrum :

(a) *Nullo libero*, parce qu'on s'était servi des esclaves pour éloigner les bons citoyens, et les empêcher de voter librement.

(b) *Manupretium*, le salaire que l'on paye à un mercenaire, les gages. Terme de mépris.

(c) *Non est integrum*, pour *non licet*, « il n'est pas libre à Pompée ».

(d) *P. Africane.* Il y avait plus de cent-cinquante ans que P. Scipion l'Africain avait triomphé, et il n'est guère probable que Cicéron ait voulu le nommer ici avec les personnages vivans dont il fait mention : c'est pourquoi les commentateurs croient qu'il y a une erreur dans le texte, et qu'il serait à propos d'y substituer *L. Afrani*, avec d'autant plus de raison que L. Afranius, personnage consulaire, que l'orateur lui-même appelle un grand homme de guerre, Philipp., XIII, 14, était contemporain des personnages illustres dont il vient de citer les noms.

ni sur la demande, ni sur les ordres du sénat, mais
malgré lui et lorsqu'il était dans l'oppression, que vous
avez eu cette province; puisque ce n'est point non plus
par le zèle du peuple Romain, qui n'avait point la liberté des suffrages; puisqu'elle vous a été donnée
comme un salaire, pour avoir non renversé, mais tra-
hi l'Etat; puisque toutes vos criminelles démarches
avaient pour base cette convention, que quand vous auriez livré l'Etat tout entier à vos infâmes brigands (1),
la Macédoine vous serait donnée en récompense, avec
la liberté d'en étendre les limites comme il vous plai-
rait : quand vous épuisiez le trésor public ; quand
vous enleviez à l'Italie toute sa jeunesse ; quand vous
traversiez en hiver une mer immense, si vous faisiez
peu de cas du triomphe, quelle autre passion, corsaire
insensé, vous emportait, que l'aveugle fureur de tout
piller et de tout prendre ?

58. Il n'est déjà plus au pouvoir de Pompée de s'aider de vos avis : car il s'est bien trompé. Il n'avait point
savouré cette philosophie que vous suivez. L'insensé
qu'il est, il a triomphé trois fois. En vérité, Crassus (2),
j'ai honte de vous : pourquoi, lorsque vous eûtes terminé cette guerre si redoutable, avez-vous souhaité
avec tant d'ardeur que le sénat vous décernât cette
couronne de laurier (3) ? P. Servilius (4), Q. Métellus,
C. Curion, P. Scipion l'Africain, que n'avez-vous entendu cet homme si savant, si instruit, avant d'être
séduits comme vous l'avez été? C. Pomptinus, mon
parent, n'est plus à présent en état d'en profiter; car

(e) *Pomptino*, « Pompti-
nus ». Il était préteur sous le
consulat de Cicéron. L'année
d'ensuite il vainquit les Al-
lobroges; mais il ne triompha
que six ou sept ans après sa
victoire, sous le consulat
d'Appius Clodius et de L. Do-
mitius. Ce qui suit ferait
croire qu'il avait fait quelque
vœu qu'il n'était plus en son
pouvoir de rompre.

(1) Cicéron veut désigner
Pison, Gabinius et les autres
complices de la fureur de
Clodius.

(2) M. Crassus, après avoir
défait Spartacus, qui commandait une armée d'esclaves,
fut honoré du triomphe.

(3) Le triomphe de Crassus
n'était que le petit, nommé
l'ovation, qui ne procurait au
triomphateur qu'une couronne
de myrte. Crassus sollicita
pour en avoir une de laurier.

(4) Ses succès contre les
peuples d'Isaurie et de la Ci-

* 4.

religionibus enim susceptis impeditur. O stultos Ca-
millos, Curios, Fabricios, Calatinos, Scipiones,
Marcellos, Maximos! ô amentem Paulum! rusticum
Marium! nullius consilii patres istorum amborum
consulum (a), qui triumphârunt.

*Sanglante ironie, au moyen de laquelle l'orateur fait
adroitement l'éloge de César, et la critique la plus
amère de la conduite de Pison. Il dicte à ce dernier
les avis qu'il devrait donner à son gendre, pour l'en-*

XXV. Sed, quoniam præterita mutare non possu-
mus, quid cessat hic homullus, ex argilla et luto fic-
tus Epicureus, dare hæc præclara præcepta sapientiæ,
clarissimo et summo imperatori, genero suo? fertur
ille vir, mihi crede, gloriâ: flagrat, ardet cupiditate
justi et magni triumphi: non didicit eadem ista, quæ
tu: mitte ad eum libellum: sed jam, si ipse coram
congredi poteris, meditare, quibus verbis incensam
illius cupiditatem comprimas, atque restinguas: va-
lebis apud hominem volitantem gloriæ cupiditate,
vir moderatus et constans; apud indoctum eruditus;
apud generum socer: dices enim, ut es homo facetus,
ad persuadendum concinnus, perfectus, politus e
schola: Quid est, Cæsar, quòd te supplicationes toties decretæ, tot dierum, tantopere delectent? in quibus homines errore ducuntur: quas Dii negligunt,
qui (ut noster ille divinus dixit Epicurus) neque pro-
pitii cuiquam esse solent, neque irati. Non facies fidem scilicet, quum hæc disputabis: tibi enim et esse,
et fuisse Deos videbit iratos.

licie lui valurent les honneurs
du triomphe et le surnom d'I-
saurique. Quintus Métellus,
triompha des Crétois.

(a) *Nullius consilii patres
istorum amborum consulum*,

« pères sans jugement de nos
deux consuls », du grand
Pompée et de Crassus le riche.
Strabon, père de Pompée,
triompha des Picentins, et le
père de Crassus, des Lusita-

il est retenu par les prières et les vœux qu'il a faits.
Oh! que les Camilles, les Curions, les Fabrices, les Ca-
latins, les Scipions (1), les Marcellus, les Maximus
étaient insensés! oh! que Paul (2) était extravagant, et
Marius grossier! oh! que les pères de ces deux consuls
étaient dépourvus de sentimens, puisqu'ils ont triomphé!

*gager à renoncer aux honneurs du triomphe, avis
qu'il termine en mettant dans la bouche même de cet
infâme l'aveu de son avarice, de ses rapines et de
sa mauvaise foi.*

XXV. Mais puisque nous ne pouvons changer ce qui
est passé, pourquoi ce petit homme, épicurien pétri de
boue et d'argile, diffère-t-il de donner à son gendre (3),
ce grand et illustre général d'armée, ces beaux préceptes de sagesse? Ce gendre, croyez-moi, est animé
par la gloire, il brûle d'un ardent désir de mériter un
triomphe légitime et solennel; il n'a pas été instruit
des mêmes maximes que vous; envoyez-lui votre petit
livre : et si à présent vous pouvez vous-même l'aborder,
réfléchissez comment vous pourrez réprimer et éteindre son ardente passion du triomphe. Vous aurez du
crédit sur l'esprit d'un homme qui vole avec ardeur
après la gloire ; vous êtes modéré et intrépide ; vous
êtes savant, et il est ignorant ; vous êtes le beau-père,
et il est le gendre. Car, enjoué comme vous êtes, propre
à persuader, plein de perfections, poli dans une bonne
école, vous lui direz : Pourquoi, César, vous plaisez-vous
à ces prières publiques ordonnées tant de fois en votre faveur pour tant de jours? Elles dupent les hommes,
les dieux n'y faisant nulle attention : ordinairement
(comme l'a dit notre divin Epicure) (4) ils ne favorisent
ni ne haïssent personne. Vous ne persuaderez point sans
doute, quand vous raisonnerez ainsi ; car il verra que
les dieux ont été et sont indignés contre vous.

niens.

(1) Il y eut sept Scipions
qui triomphèrent en différens
temps.

(2) Emile.

(3) César. Il commandait
alors dans les Gaules.

(4) Ce philosophe ensei-

60. Vertes te ad alteram scholam (*a*) : disseres de triumpho. Quid tandem habet iste currus ? quid vincti ante currum duces ? quid simulacra oppidorum ? quid aurum ? quid argentum ? quid legati in equis, et tribuni ? quid clamor militum ? quid tota illa pompa ? inania sunt ista, mihi crede, delectamenta penè puerorum, captare plausus, vehi per urbem, conspici velle : quibus ex rebus nihil est, quod solidum tenere ; nihil quod referre ad voluptatem corporis possis.

61. Quin tu me vides, qui, ex qua provincia T. Flamininus, L. Paulus, Q. Metellus, T. Didius (*b*), innumerabiles alii, levi cupiditate commoti, triumphârunt, ex ea sic redii, ut ad portam Esquilinam, Macedonicam lauream conculcârim : ipse cum hominibus quindecim malè vestitis ad portam Cœlimontanam sitiens pervenerim : quo in loco mihi libertus, præclaro imperatori, domum ex hac die biduo antè (*c*) conduxerat : quæ vacua si non fuisset, in campo Martio mihi tabernaculum collocassem : nummus interea mihi, Cæsar, neglectis vehiculis triumphalibus (*d*), domi manet, et manebit : rationes ad ærarium retuli continuò, sicut tua lex jubebat ; neque alia ulla in re legi tuæ parui : quas rationes si cognô-

gnait que les dieux ne se mêlaient point des choses humaines, et qu'ils ne faisaient ni bien ni mal aux hommes.

(*a*) *Ad alteram scholam*, mot-à-mot, vous passerez à une autre école, vous changerez de thèse, de langage.

(*b*) *T. Flaminius, L. Paulus*, etc. T. Q. Flaminius triompha de la Macédoine et du roi Philippe, l'an de Rome 559. L. Æmilius Paulus triompha de la même province et du roi Persée, l'an 585, et Q. Métellus, du faux Philippe, 21 ans après. T. Didius est moins connu ; on croit communément qu'étant parvenu à chasser les Thraces des frontières de la Macédoine, il obtint aussi les honneurs du triomphe.

(*c*) *Ex hac die biduo antè*, « deux jours avant que j'arrivasse », ce qui était une preuve de l'extrême avarice de Pison.

60. Vous changerez de langage, et vous parlerez sur le triomphe. Que signifie enfin ce char, ces chefs d'armée enchaînés qui le précèdent, ces représentations de villes prises, cet or, cet argent (1), ces lieutenans et ces tribuns à cheval, ces cris des soldats (2), toute cette pompe? Croyez-moi, il n'y a que du vide dans tout ceci : ce sont presque des divertissemens d'enfans, de rechercher les applaudissemens, de vouloir être promené par la ville, regardé de tout le monde. Il n'y a en tout ceci rien de solide dont vous puissiez jouir, rien que vous puissiez rapporter aux plaisirs des sens.

61. Que ne jetez-vous les yeux sur ma conduite? De la province dont T. Flamininus, L. Paulus, Q. Métellus, T. Didius, un nombre infini d'autres, agités de ces vains amusemens, ont triomphé à leur retour, j'en suis revenu foulant aux pieds, à la porte Esquiline, les lauriers de Macédoine ; et accompagné de quinze hommes mal vêtus, je parvins, mourant de soif, à la porte Célimontane (3), où, deux jours auparavant, un de mes affranchis m'avait loué une maison : si cette maison n'eût pas été vide, je me serais dressé une tente dans le Champ de Mars. Cependant, César, par le mépris que je fais de ces ornemens du triomphe, il me reste et me restera de l'argent dans ma maison. J'ai rendu aussitôt mes comptes au trésor public, comme l'ordonnait votre loi (4) : c'est le seul article en quoi j'y ai obéi : si vous examinez ces comptes, vous comprendrez que

(d) *Vehiculis triumphalibus*, « les vaines magnificences du triomphe ». On lit *ferculis* dans plusieurs éditions, ce qui signifie littéralement un assemblage de morceaux de bois sur lesquels on plaçait l'effigie des villes prises, et les autres ornemens du triomphe.

(1) Les provinces de l'empire faisaient des présens en or et en argent aux généraux qui devaient triompher, pour orner leur triomphe.

(2) Les soldats, pendant la marche du triomphateur, avaient la liberté de le louer ou de le railler tout haut.

(3) Voyez la note 3, page 76.

(4) Jules César avait fait une loi, étant consul avec Bibulus, par laquelle les magistrats, en sortant de charge, étaient tenus de rendre compte de leur administration.

ris, intelliges, nemini plus, quàm mihi, litteras (*a*)
profuisse : ita enim sunt perscriptæ scitè, et littera-
tè, ut scriba, ad ærarium qui eas retulit, perscriptis
rationibus (*b*), secum ipse, caput sinistrâ manu per-
fricans, commurmuratus sit, *Ratio quidem hercle ap-
paret, argentum* οἴχεται (*c*). Hâc tu oratione non dubito, quin illum jam adscendentem in currum possis
revocare.

*L'orateur continue à railler Pison sur son prétendu mé-
pris pour le triomphe. S'il blâme dans Crassus,
dans C. Cotta et dans M. Pison, qui n'ont fait que
des guerres peu importantes, leur passion pour les
lauriers, il ne devrait pas mépriser le fruit de ses
travaux, lui qui a fait des choses si grandes et si
honorables : mais il ne l'a pas méprisé; seulement*

XXVI. O tenebræ, ô lutum, ô sordes, ô paterni
generis oblite, materni vix memor! ita nescio quid
istuc fractum, humile, demissum, sordidum, inferius
etiam est, quàm ut Mediolanensi præcone, avo tuo,
dignum esse videatur. L. Crassus, homo sapientissi-
mus nostræ civitatis, spiculis propè scrutatus est Alpes, ut, ubi hostis non erat, ibi triumphi causam
aliquam quæreret : eâdem cupiditate vir summo ingenio præditus, C. Cotta, nullo certo hoste, flagravit :
eorum neuter triumphavit, quòd alteri illum honorem collega (*d*), alteri mors ademit. Irrisa est abs te
paulò antè M. Pisonis cupiditas triumphandi, a qua

(*a*) *Litteras*, jeu de mots, comme s'il disait les belles lettres, tandis qu'il ne parle que des lettres de l'alphabet. *Rationes cognoscere*, examiner des comptes.

(*b*) *Perscriptis rationibus*, « après les avoir enregistrés.

(*c*) οἴχεται, *periit, abiit.*

(*d*) *Collega.* Le pontife Quintus Scévola, collègue de Crassus, dans le consulat. *Alteri*, à Cotta.

(1) César, son gendre.

(2) Grand orateur, qui fut envoyé pour gouverner la Gaule Citérieure.

(3) Etait un orateur célè-

les lettres n'ont jamais fait à personne plus de profit
qu'à moi; car ils sont écrits tout au long avec tant d'a-
dresse, d'habileté et d'érudition, que le secrétaire qui
les inscrivit au trésor, après les avoir enregistrés, se
frottait la tête de la main gauche, et murmurait ainsi
en lui-même : *Certes, le compte paraît juste, mais l'argent ne paraît point.* Je ne doute pas que vous ne puissiez, avec un pareil discours, l'arrêter (1) tout prêt à
monter dans son char.

*il n'a pas voulu exposer son front d'airain aux re-
proches du sénat. De tout ce qu'il a dit, Cicéron
conclut que son départ, son absence et son retour ont
été aussi glorieux pour lui, que le départ, l'absence
et le retour de Pison furent ignominieux pour son
ennemi.*

XXVI. Quel aveuglement, quelle bassesse, quel
déshonneur ! vous avez oublié votre origine paternelle,
et vous vous ressouvenez à peine de la maternelle ! Il y
a en vous je ne sais quoi de si lâche, de si rampant, de
si sordide, de plus bas encore, que cela ne paraît pas
même digne de votre aïeul, crieur public de Milan.
Crassus (2), l'homme le plus sage de notre ville, sonda
presque les Alpes avec des lances, pour y chercher,
dans un endroit où il n'y avait point d'ennemi, quelque
occasion de triompher. C. Cotta (3), homme d'un esprit sublime, brûla du même désir, sans avoir d'ennemis à combattre. Ils ne furent ni l'un ni l'autre honorés du triomphe, parce que cet honneur fut enlevé à
l'un par son collègue, à l'autre par la mort. Vous avez
fait depuis peu des railleries sur le désir ardent que
M. Pison (4) témoigna pour le triomphe que vous

bre, que Cicéron a souvent loué dans ses ouvrages.

(4) M. Pison était contemporain de Cicéron, mais plus âgé : on le menait chez lui étant jeune, pour se former aux bonnes mœurs. Ayant été adopté par M. Puppius, il avait cessé de faire partie de la famille Calpurnia. Ce Pison triompha, après avoir été proconsul en Espagne.

te longè dixisti abhorrere : qui, etiam si minùs magnum bellum gesserat, ut abs te dictum est, tamen istum honorem contemnendum non putavit. Tu eruditior, quàm Piso ; prudentior, quàm Cotta ; abundantior consilio, ingenio, sapientiâ, quàm Crassus, ea contemnis, quæ illi idiotæ, ut tu appellas, præclara duxerúnt.

63. Quòd si reprehendis, quòd cupidi laureæ fuerint, quum bella aut parva, aut nulla gessissent ; tu, tantis nationibus subactis, tantis rebus gestis (a), minimè fructum laborum tuorum, præmia periculorum, virtutis insignia contemnere debuisti. Neque verò contempsisti, licèt sis Themistâ sapientior, sed os tuum ferreum senatûs convicio verberari (b) noluisti. Jam vides, quandoquidem ita mihimet fui inimicus, ut me tecum compararem, et digressum meùm, et absentiam, et reditum ita longè tuo præstitisse, ut mihi illa omnia immortalem gloriam dederint, tibi sempiternam turpitudinem inflixerint.

SECONDE PARTIE DES DÉBATS.

L'orateur passe à la vie privée de Pison : il demande si sa conduite journalière, sa splendeur, son crédit, sa réputation, ses emplois au barreau, ses conseils, son autorité, ses opinions comme sénateur, lui mériteront la préférence. Pison, dit-il, s'est attiré la haine universelle : il n'osera se pré-

XXVII. Nunc etiam in hac quotidiàna, assidua, urbanaque vita splendorem tuum, gratiam, celebrita-

(a) *Tantis rebus gestis ;* ironie. Pison s'était à peine opposé aux entreprises des Barbares sur la Macédoine ; d'un autre côté, il avait opprimé l'Achaïe, comprise dans son gouvernement, et rançonné un grand nombre de

aviez, disiez-vous, tant en horreur. Quoique la guerre qu'il avait soutenue, ne fût pas fort considérable, comme vous l'avez avancé, il crut cependant que cet honneur n'était point à mépriser. Vous, plus savant que Pison, plus prudent que Cotta, ayant plus de lumières, de génie, de sagesse que Crassus, vous méprisez ce que ces idiots, nom que vous leur donnez, ont regardé comme fort glorieux.

63. Que si vous blâmez leur passion pour les lauriers, quoiqu'ils n'aient fait que des guerres peu considérables, ou même qu'ils n'en aient fait aucune : vous, après avoir dompté de si grandes nations, fait des exploits si considérables, vous ne deviez pas mépriser le fruit de vos travaux, les récompenses des périls que vous avez essuyés, preuves honorables de votre courage. Aussi ne les avez-vous pas méprisés, quoique plus sage que Thémista (1); mais vous n'avez pas voulu exposer votre front d'airain aux reproches du sénat. Vous vous apercevez présentement (puisque j'ai été assez ennemi de moi-même pour me comparer à vous) que mon départ, mon absence et mon retour ont des avantages si fort au-dessus des vôtres, qu'ils m'ont tous comblé d'une gloire immortelle, et vous ont couvert d'une éternelle ignominie.

SECONDE PARTIE DES DÉBATS.

senter aux jeux qu'on doit célébrer ; mais il ira sans doute au festin public, car les plaisirs de la bonne chère ont bien plus de pouvoir sur lui que ceux de l'ouïe et de la vue. Peinture de sa vie crapuleuse et de son avarice.

XXVII. Maintenant, quant à la conduite journalière d'un exact et d'un bon citoyen, votre splendeur, votre

villes.

(*b*) *Convicio verberari.* On châtie par les paroles aussi bien que par les coups.

(1) Femme de condition dont parle Lactance. L'étude de la philosophie et des sciences l'avait rendue célèbre en Grèce.

tem domesticam, operam forensem, consilium, auxilium, auctoritatem, sententiam senatoriam, nobis, aut, ut verius dicam, cuiquam es infirmissimo ac desperatissimo antelaturus? Age, senatus odit te, quod eum tu facere jure concedis, afflictorem, et perditorem non modò dignitatis, et auctoritatis, sed omnino ordinis, ac nominis sui : videre equites Romani non possunt, quo ex ordine vir præstantissimus et ornatissimus, L. Ælius est, te consule, relegatus : plebs Romana perditum cupit, in cujus tu infamiam (a) ea, quæ per latrones et per servos de me egeras, contulisti : Italia cuncta exsecratur, cujus idem tu superbissimè decreta et preces repudiasti (b).

65. Fac hujus odii tanti, ac tam universi periculum, si audes. Instant post hominum memoriam apparatissimi, magnificentissimique ludi, quales non modò nunquam fuerunt, sed ne quomodo fieri quidem posthac possint, possum ullo pacto suspicari. Da te populo, committe ludis. Sibilum metuis? ubi sunt vestræ scholæ (c)? Ne acclametur? ne id quidem est curare philosophi. Manus tibi ne afferantur times : dolor enim est malum (d), ut disputas : existimatio, dedecus, infamia, turpitudo, verba sunt atque ineptiæ. Sed de hoc non dubito : non audebit accedere ad ludos : convivium publicum non dignitatis gratiâ

(a) *In cujus tu infamiam*, etc. La loi de Clodius était intitulée *plebiscitum*, décret du peuple.

(b) *Decreta et preces repudiasti*. Pison et Gabinius avaient rejeté avec dédain les vœux et les prières des villes municipales et des colonies de l'Italie, qui s'étaient empressées d'envoyer des députés à Rome, pour les conjurer de ne pas souffrir qu'on exilât Cicéron.

(c) *Vestræ scholæ*, « vos maximes », tirées de la morale d'Epicure, qui enseignait qu'on ne doit pas s'inquiéter des jugemens du peuple.

(d) *Dolor enim est malum.* Autre maxime des Epicuriens, qui soutenaient que la volupté est le souverain bien,

crédit, votre réputation particulière, vos emplois au barreau, vos conseils, vos secours, votre autorité, vos opinions comme sénateur, tout cela vous donnera-t-il la préférence sur nous; ou, pour parler plus vrai, sur le plus vil et le plus abandonné des hommes. Courage, le sénat vous hait, vous convenez qu'il a raison de le faire : vous l'avez renversé, vous êtes le destructeur, non seulement de son pouvoir et de sa dignité, mais, en un mot, de son ordre et de son nom. Les chevaliers Romains ne peuvent vous regarder : L. Elius (1), l'un des plus illustres de leur ordre, a été exilé sous votre consulat. Le peuple Romain souhaite votre perte: vous avez fait retomber sur lui l'infamie de ce que vous aviez exécuté sur ma personne, par le ministère de vos brigands et de vos esclaves. Toute l'Italie vous a en exécration, parce que vous avez rejeté, avec la plus grande arrogance, ses décrets et ses prières.

65. Eprouvez, si vous l'osez, les suites de cette haine si vive et si universelle. On va donner des jeux (2) avec tant d'appareil et de magnificence, que jamais, de mémoire d'homme, non seulement il ne s'en est vu de pareils, mais même je ne puis nullement conjecturer comment à l'avenir il pourrait s'en faire de semblables. Présentez-vous aux yeux du peuple, assistez à ses jeux. Craignez-vous d'être sifflé (3)? Que sont devenus vos préceptes? Craignez-vous d'être désapprouvé? il est d'un philosophe de ne pas même s'en mettre en peine. Vous appréhendez qu'on ne vous maltraite; car, suivant vos dogmes, la douleur est un mal. La réputation, le déshonneur, l'infamie, la honte, ce ne sont que des paroles et des niaiseries. Mais, je n'en doute point, il n'osera venir aux jeux. Il ira au festin public, non par honneur, mais uniquement pour s'y divertir, à moins,

---

et la douleur le souverain mal.

(1) Quoiqu'il eût bien servi la République, il fut condamné à l'exil, sous le consulat de Pison.

(2) Ceux que Pompée devait donner pour la dédicace d'un théâtre qu'il avait fait construire, et dans lesquels il devait paraître un combat d'éléphans dans le cirque pour la première fois.

(3) Ceux que le peuple n'aimait pas, étaient sifflés quand ils osaient se montrer en public, de quelque condition qu'ils fussent.

inibit (nisi fortè , ut cum patribus conscriptis , hoc
est , cum amoribus suis cœnet) , sed planè animi sui
causâ (*a*).

66. Ludos nobis idiotis relinquet : solet enim in
disputationibus suis , oculorum et aurium delectatio-
ni abdominis voluptates anteferre : nam , quòd (*b*)
vobis iste tantummodo improbus, crudelis olim fu-
runculus , nunc verò etiam rapax, quòd sordidus,
quòd contumax , quòd superbus , quòd fallax , quòd
perfidiosus , quòd impudens , quòd audax esse videatur ; nihil scitote esse luxuriosius, nihil libidinosius,
nihil posterius (*c*) , nihil nequius.

67. Luxuriam autem in isto nolite hanc (*d*) cogitare : est enim quædam , quanquam omnis est vitiosa
atque turpis, tamen ingenuo ac libero dignior. Nihil
apud hunc lautum, nihil elegans , nihil exquisitum
(laudabo inimicum (*e*)) ne magnopere quidem quidquam, præter libidines, sumptuosum : toreuma nullum (*f*) : maximi calices , et hi , ne contemnere suos
videatur , Placentini (*g*) : exstructa mensa, non con-
chyliis , aut piscibus, sed multâ carne subrancidâ :
servi sordidati ministrant ; nonnulli etiam senes :
idem coquus, idem atriensis : pistor domi nullus,
nulla cella : panis , et vinum a propola, atque de
cupa (*h*) : Græci stipati quini in lectulis (*i*) , sæpe

(*a*) *Animi sui causâ* ,
« pour goûter d'autres plaisirs » que ceux des yeux et des
oreilles.

(*b*) *Nam , quòd*, etc. Lo-
cution latine ; c'est comme
s'il disait , *vobis iste fortasse videtur tantummodò
improbus* , etc.; *sed scitote
nihil esse etiam luxurio-
sius*, etc.

(*c*) *Nihil posterius* , pour
deterius , contemptius. On
lit *protervius* dans quelques
éditions.

(*d*) *Hanc* , sous-entendez,
*quæ nunc viget , usitatam
apud nos ;* cette débauche
excusable , que nous passons
volontiers aux honnêtes gens.

(*e*) *Laudabo inimicum*. Il
loue son ennemi , en disant
qu'il ne fait pas, à la vérité ,
de grandes dépenses.

(*f*) *Toreuma nullum* ,
« aucun vase précieux ». On
appelait *toreumata*, des vases
élégans , ciselés avec beau-

peut-être, que ce ne soit pour souper avec les Pères conscrits, c'est-à-dire, avec ses amours (1).

66. Il nous laissera le plaisir de ces jeux, à nous autres idiots. En effet, dans ses discours ordinaires, il préfère les plaisirs de la bonne chère à ceux de la vue et de l'ouïe. Car peut-être ne vous paraissait-il autrefois qu'un méchant, un petit larron cruel, quoique vous le regardiez aujourd'hui comme un ravisseur; peut-être n'était-il à vos yeux qu'un avare, un rebelle, un arrogant, un trompeur, un perfide, un impudent, un audacieux : sachez qu'il n'y a rien de plus débauché, de plus impudique, de plus méprisable, de plus méchant que lui.

67. N'allez pas croire que sa débauche se tienne dans les bornes ordinaires : car il est une débauche qui, quoique réellement vicieuse et déshonorante, paraît cependant moins indigne d'un cœur noble et d'un homme libre. Il n'y a chez lui rien de poli, d'élégant, de recherché (je louerai mon ennemi), rien de somptueux, si l'on en excepte ses débauches : on n'y voit point de vases d'or ou d'argent gravés, mais de très-grandes coupes qu'il a tirées de Plaisance, pour ne pas paraître mépriser ses compatriotes. Sa table est servie, non de poissons délicats et rares, mais de beaucoup de viandes salées, un peu puantes; des esclaves mal-propres le servent, quelques-uns même sont vieux. Le cuisinier est le même que le portier; chez lui, il n'y a ni boulanger, ni cave; le pain se prend sur la place, et le vin au cabaret, les Grecs sont entassés à sa table, cinq sur un lit, et souvent davantage; lui seul est sur le

coup d'art.

(g) *Placentini*, « tirés de Plaisance ». Raillerie sanglante.

(h) *A propola, atque de cupa*, sur la place et à la taverne »; parce qu'il n'a chez lui personne pour faire le pain, et que sa cave est toujours vide.

(i) *Græci stipati quini in lectulis*, « les Grecs qui mangent avec lui », les Epicuriens, ses compagnons de débauches, sont entassés cinq sur un lit. Ordinairement on ne plaçait guère que trois convives sur un seul lit.

(1) La ressemblance des mœurs vicieuses de Pison et

plures ; ipse solus : bibitur usque eò, dum de solio ministretur (a) : ubi galli cantum audivit, avum suum revixisse putat : mensam tolli jubet.

Liaison intime de Pison avec un philosophe grec, de la secte d'Epicure. Il n'a voulu admettre de ses leçons,

XXVIII. Dicet aliquis : Unde tibi hæc nota sunt? Non mehercule, contumeliæ causâ describam quemquam, præsertim ingeniosum hominem, atque eruditum, cui generi ego esse iratus, ne si cupiam quidem, possum. Est quidam Græcus, qui cum isto vivit, homo, verè ut dicam (sic enim cognovi) humanus (b), sed tamdiu, quamdiu cum aliis est, aut ipse secum : is quum istum adolescentem jam tum cum hac diis irata fronte vidisset, non fugit ejus amicitiam, quum esset præsertim appetitus : dedit se in consuetudinem, sic ut prorsus unà viveret, nec ferè ab isto unquam discederet. Non apud indoctos, sed, ut ego arbitror, in hominum eruditissimorum et humanissimorum cœtu loquor. Audistis profectò dici, philosophos Epicureos omnes res, quæ sunt homini expetendæ, voluptate metiri : rectè, an secus, nihil ad nos ; aut, si ad nos, nihil ad hoc tempus : sed tamen lubricum genus orationis, adolescenti non acriter intelligenti sæpe præceps.

de Clodius, était cause qu'ils avaient l'un pour l'autre un amour extraordinaire.

(a) *Dum de solio ministretur.* Ce passage a beaucoup exercé les commentateurs ; un d'entre eux veut même qu'on lise *e dolio*, ce qui signifierait, *tant que le tonneau n'est pas épuisé :* en effet, on ne peut guère traduire, *tant qu'il verse* lui – même à boire du haut de son trône, puisque, chez les anciens, ce n'était pas le maître de la maison, mais les esclaves qui s'acquittaient de cette fonction. Néanmoins Pison pouvait bien donner le signal de remplir les coupes, et c'est le sens qui paraît le plus raisonnable.

(b) *Humanus*, qui a l'esprit cultivé, qui fait preuve

sien. On boit, tant que de ce trône il en donne lui-même l'exemple aux convives. Aussitôt qu'il entend le coq chanter (1), croyant que son aïeul (2) est ressuscité, il fait desservir.

que les maximes tendant à favoriser son goût pour la débauche.

XXVIII. Quelqu'un me dira : D'où savez-vous ces détails ? Certes, je ne ferai point le portrait de quelqu'un pour l'outrager, surtout celui d'un homme d'esprit et savant, sorte de personnes contre lesquelles je ne pourrais me fâcher, quand je le voudrais. Il y a un certain Grec (3) qui passe sa vie avec Pison, homme, à dire vrai (car je le connais pour tel), d'une agréable littérature, lorsqu'il est avec d'autres, ou seul; ce Grec ayant vu Pison, encore jeune, déjà d'une mauvaise physionomie, ne refusa pas de lier amitié avec lui, en ayant surtout été sollicité. Ils se fréquentèrent jusqu'à vivre ensemble, et à ne s'éloigner presque jamais l'un de l'autre. Ce n'est point devant des ignorans, c'est sans doute dans une assemblée de personnes très-savantes et très-polies que je parle. Vous avez assurément ouï dire que les philosophes épicuriens n'estiment toutes les choses que l'homme doit désirer, qu'autant qu'elles donnent du plaisir. S'ils ont raison ou non, cela ne nous regarde point; ou si nous y avons intérêt, ce n'est pas ici le temps d'en parler : cependant ce genre de discours est dangereux et souvent pernicieux pour un jeune homme qui n'a pas beaucoup d'intelligence (4).

d'instruction.

(1) Pour donner à entendre que Pison et ses convives buvaient et faisaient la débauche pendant toute la nuit.

(2) Maternel, crieur public. Plaisanterie froide, qui roule sur le double sens du mot *gallus* (coq et Gaulois).

(3) Quelques auteurs ont cru que c'était Philodème, philosophe de l'école d'Epicure, qui avait composé des vers obscènes.

(4) On avait de la peine à distinguer de quelle sorte de volupté parlaient les Epicuriens, ou de celle du corps, ou de celle de l'esprit.

69. Itaque admissarius iste, simulatque audivit, a philosopho voluptatem tantopere laudari, nihil expiscatus est (*a*) : sic suos sensus voluptarios omnes incitavit, sic ad illius hanc orationem adhinniit, ut non magistrum virtutis, sed auctorem libidinis a se illum inventum arbitraretur. Græcus primò distinguere, atque dividere illa, quemadmodum dicerentur (*b*) : iste claudus (quomodo aiunt) pilam retinere (*c*) ; quod acceperat, testificari ; tabulas (*d*) obsignare velle : Epicurum disertim dicere. Est tamen (*e*) : dicit, ut opinor, se nullum bonum intelligere posse, demptis corporis voluptatibus. Quid multa ? Græcus facilis et valde venustus, nimis pugnax contra senatorem populi Romani esse noluit.

Sollicité par Pison, ce Grec, homme d'ailleurs fort instruit, a représenté dans différens ouvrages toute la vie privée de son disciple ; c'est là qu'on en peut puiser les détails. Ce philosophe eût, sans doute, été plus austère et plus grave, si le hasard ne l'avait

XXIX. Est autem hic, de quo loquor, non philosophiâ solùm, sed etiam litteris, quod ferè cæteros Epicureos negligere dicunt, perpolitus. Poema porrò facit ita festivum, ita concinnum, ita elegans, nihil ut fieri possit argutius : in quo reprehendat eum licet, si qui volet, modò leviter, non ut impurum, non ut

(*a*) *Nihil expiscatus est*, n'alla pas plus loin, ne chercha pas à pénétrer plus avant.

(*b*) *Quemadmodum dicerentur*, dans quel sens ces choses devaient être entendues ; c'est-à-dire, qu'il tacha de lui faire comprendre qu'Epicure établissait une distinction entre les plaisirs de l'âme, et ceux du corps.

(*c*) *Pilam retinere*, « retenir la balle au bond » ; façon de parler proverbiale. Il veut absolument prendre à la lettre tout ce qu'il a entendu, semblable à un boiteux qui, au jeu de paume, s'obstinerait à garder la balle qu'il vient de recevoir, dans la crainte que, s'il la renvoie, son infirmité ne lui fasse perdre

69. Ainsi ce débauché, à peine eut-il entendu le magnifique panégyrique que ce philosophe faisait du plaisir, qu'il n'examina plus rien; ce discours excita si fort ses désirs voluptueux, il y applaudit si vivement, qu'il crut avoir trouvé, non un maître pour la vertu, mais un garant de ses dérèglemens. Le Grec commença d'abord à lui expliquer par divisions et distinctions comment ces maximes devaient s'entendre. Ce boiteux (comme on dit) retint la balle au bond; il dit qu'il voulait certifier, sceller ce qu'il avait appris; enfin, qu'Épicure s'était expliqué clairement là dessus. Il fit cependant une objection; il dit, à ce que je crois, qu'il ne pouvait comprendre qu'il y eût aucun bonheur, si l'on retranchait le plaisir des sens. Pourquoi en dire davantage? Le Grec complaisant et très-galant (1), ne voulut point s'opiniâtrer contre un sénateur du peuple Romain.

engagé dans le commerce d'un homme sans pudeur. Reproche de Pison, qui accuse l'orateur d'avoir établi, étant consul, des peines trop rigoureuses contre les poètes, mauvais ou licencieux, et qui soutient que ses vers seuls lui ont fait tort, et non l'envie.

XXIX. Or, cet homme dont je parle, est non seulement fort versé dans la philosophie, mais aussi dans les autres sciences, qu'on dit être négligées par presque tous les autres Épicuriens. Au reste, il compose un poëme (2) si agréable, si exact, si élégant, qu'on n'en peut point produire de plus ingénieux. On pourra le critiquer si l'on veut, pourvu que ce soit légèrement, en le

l'avantage.

(d) *Testificari, tabulas obsignare*, etc. Il veut prendre des témoins, et forcer Philodème à signer les tablettes sur lesquelles il a inscrit le degme d'Épicure, que la volupté est le souverain bien : il craint que son maître ne se rétracte.

(e) *Est tamen*, sous-entendez *ita*.

(1) Les Grecs étaient méprisés à Rome, parce que c'étaient des flatteurs lâches et impudens.

(2) A la louange de Pison, pour le flatter sur ses dérèglemens et ses impudicités.

improbum, non ut audacem, sed ut Græculum, ut assentatorem, ut poëtam (a) : devenit, aut potius incidit in istum eodem deceptus supercilio Græcus, atque advena, quo tam sapiens et tanta civitas revocare se non poterat, familiaritate implicatus; et simul inconstantiæ famam verebatur : rogatus, invitatus, coactus, ita multa ad istum, de isto quoque scripsit, ut omnes libidines, omnia stupra, omnia cœnarum conviviorumque genera, adulteria denique ejus, delicatissimis versibus expresserit.

71. In quibus, si quis velit, possit istius tanquam in speculo vitam intueri : ex quibus multa à multis lecta, et audita recitarem, nisi vererer, ne hoc ipsum genus orationis, quo nunc utor, ab hujus loci more abhorreret; et simul de ipso, qui scripsit, detrahi nolo : qui si fuisset in discipulo comparando meliore fortunâ, fortasse austerior et gravior esse potuisset : sed eum casus in hanc consuetudinem scribendi induxit, philosopho valde indignam; si quidem philosophia, ut fertur, virtutis continet, et officii, et bene vivendi disciplinam : quam qui profitetur, gravissimam mihi sustinere personam videtur.

72. Sed idem casus illum ignarum quid profiteretur, quum se philosophum esse diceret, istius impurissimæ atque intemperantissimæ pecudis cœno et sordibus inquinavit : qui modò quum res gestas consulatûs mei collaudasset; quæ quidem laudatio hominis turpissimi mihi ipsi erat pene turpis ; *non ulla tibi*, inquit, *invidia nocuit, sed versus tui*. Nimis magna pœna, te consule, constituta est sive malo poëtæ, sive libero. Scripsisti enim, *Cedant arma togæ*. Quid

(a) *Ut poëtam*, parce que les poètes semblent faire métier de déguiser la vérité.

(1) Philodème, panégyriste de Pison, était aussi corrompu et aussi vicieux que lui.

traitant non d'impur, de méchant, d'audacieux, mais de grec, de flatteur, de poëte. Ce Grec et cet étranger (1) aborda, ou plutôt rencontra cet homme-ci (2), que son air grave et sérieux séduisit, comme Rome, ville si sage et si grande, l'avait été. Lié d'une étroite amitié avec lui, il ne pouvait plus se dégager ; et d'ailleurs il craignait de passer pour inconstant. Prié, sollicité, forcé même, il lui dédia tant d'ouvrages et en écrivit tant sur son sujet, qu'il a représenté dans des vers très-délicats, toutes les débauches de cet homme (3), toutes ses impudicités, tous ses genres de repas et de festins, enfin tous ses adultères.

71. Quiconque voudra les lire, pourra y voir représentée, de même que dans un miroir, la vie de Pison : je vous en réciterais beaucoup d'endroits que plusieurs ont lus et entendus, si je n'appréhendais que le genre même de discours dont je me sers à présent, ne parût contraire à ce qu'on a coutume d'entendre en ce lieu (4) : d'ailleurs je ne veux nullement décrier ce poëte. S'il eût été plus heureux dans le choix d'un disciple, il aurait peut-être été plus austère et plus sérieux ; mais l'occasion l'a porté à écrire dans ce genre très-indigne d'un philosophe, puisque la philosophie, comme on le dit, renferme des préceptes pour la vertu, pour les devoirs et pour les mœurs : il me paraît que celui qui en fait profession, doit soutenir un personnage des plus graves et des plus sérieux.

72. Mais, se disant philosophe, sans savoir sur quelle matière il aurait à travailler, le même hasard l'engagea dans le commerce infâme de ce stupide (5) sans pudeur et sans retenue ; et qui, venant de préconiser mon consulat (éloge qui, de la part d'un homme si diffamé, était certes presque un déshonneur pour moi), me dit: *Ce n'est nullement l'envie qui vous a fait tort, mais ce sont vos vers.* On a établi, sous votre consulat, des peines trop rigoureuses contre les poëtes, mauvais ou licencieux. Vous avez vous-même écrit dans vos vers, *Que les armes cèdent à la robe.* Que s'ensuit-il? C'est

(2) Pison.
(3) Pison.
(4) Le sénat, où il ne faut parler que de choses graves et sérieuses.
(5) Pison.

tum? Hæc res tibi fluctus illos (a) excitavit. At hoc
nusquam opinor scriptum fuisse in illo elogio (b),
quod, te consule, in sepulcro reipublicæ incisum est,
Velitis, jubeatis, ut, quòd M. Cicero versum fecerit,
sed *,quòd vindicârit* (c).

*Cicéron, par l'explication de la première partie d'un
de ses vers, dont Pison lui faisait un crime, prouve
la profonde ignorance de son ennemi; il trouve ensuite dans la conduite même de l'accusateur l'interprétation de la seconde partie du même vers. L'ora-*

XXX. Verumtamen, quoniam te non Aristarchum,
sed Phalarim grammaticum habemus, qui non notam
opponas ad malum versum, sed poetam armis perse-
quare : scire cupio, quid tandem isto in versu repre-
hendas, *Cedant arma togæ.* Tuæ dicis, inquit, togæ
summum imperatorem (d) esse cessurum. Quid nunc
te, asine, litteras doceam? non opūs est verbis, sed
fustibus : non dixi hanc togam, quâ sum amictus;
nec arma, scutum et gladium unius imperatoris : sed
quòd pacis est insigne et otii, toga; contrà autem
arma, tumultûs atque belli; more poëtarum locutus;
hoc intelligi volui, bellum ac tumultum paci atque
otio concessurum. Quære ex familiari tuo, Græco
illo poëta : probabit genus ipsum, et agnoscet, neque
te nihil sapere mirabitur.

(a) *Fluctus illos*, mot-à-
mot, de si grands flots ; la
haine de Pompée et l'exil.

(b) *In illo elogio.* L'orateur compare l'ordonnance
de Clodius, contre lui, à une
inscription gravée sur le tombeau de la République.

(c) *Vindicârit*, sous-
entendez *rempublicam.* Il
est probable que l'ordonnance

de Clodius était ainsi motivée,
*ut, quòd M. Cicero, cives
Romanos indictâ causâ con-
demnârit.* L'orateur change
les expressions, pour rendre
son adversaire tout à la fois
odieux et ridicule.

(d) *Summum imperatorem.*
Pompée.

(1) Ce sont les premières
paroles portées par la loi que

justement là la cause des troubles excités contre vous. Mais cela ne fut jamais écrit, ce me semble, dans l'inscription qui fut gravée, sous votre consulat, sur le tombeau de la République : *Agréez, ordonnez* (1) *qu'il soit procédé contre M. Cicéron, non pour avoir fait des vers ; mais pour avoir défendu la République.*

teur soutient, en outre, que, malgré les perfides insinuations de Pison, ce vers n'a pu lui aliéner l'esprit de Pompée, puisqu'il était contre son caractère d'outrager un homme auquel il a donné tant de louanges dans ses discours.

XXX. Puisque nous avons en vous, non un Aristarque (2), mais un grammairien qui, comme un second Phalaris, non content de faire sa remarque sur un mauvais vers, poursuit le poète les armes à la main, je désire de savoir ce que vous trouvez enfin à reprendre dans ce vers, *Que les armes cèdent à la robe?* Vous dites, répond-il, que le plus grand général d'armée doit le céder à votre robe. Quoi, âne que vous êtes, vous enseignerai-je à-présent les lettres? je n'aurais pas besoin de paroles, mais de verges. Je n'ai pas prétendu parler de cette robe dont je suis revêtu, ni des armes, du bouclier, de l'épée d'un seul général; mais, parce que la robe (3) est le symbole de la paix et du repos, et les armes celui du tumulte et de la guerre, j'ai voulu, en parlant le langage des poètes, donner à entendre que le bruit et les agitations de la guerre céderaient à la douceur et à la tranquillité de la paix. Demandez à ce poète grec, votre ami, ce qu'il en pense : il reconnaîtra et approuvera cette manière de s'exprimer, et ne sera point étonné de votre ignorance.

Clodius proposa contre la conduite que Cicéron avait tenue, en faisant mourir les complices de la conjuration de Catilina, sans qu'on leur eût fait leur procès.

(2) C'était un des plus fins et des plus excellens critiques de l'antiquité.

(3) Les Romains, quand il n'y avait point de guerre, portaient une longue robe, qui était le signal de la paix.

74. At in illo altero, inquit, hæres, *Concedat lau-*
rea laudi (a). Immo mehercule, habeo tibi gratiam :
hærerem enim, nisi tu expedisses (b) : nam quum tu
timidus ac tremens tuis ipse furacissimis manibus de-
tractam e cruentis fascibus lauream ad portam Esquilinam abjecisti; indicasti, non modò amplissimæ,
sed etiam minimæ laudi lauream concessisse. Atque
istâ ratione hoc tamen intelligi, scelerate, vis,
Pompeium inimicum mihi isto versu esse factum ;
ut, si versus mihi nocuerit, ab eo, quem is versus
offenderit, videatur mihi pernicies esse quæsita.
Omitto, nihil istum versum pertinuisse ad illum :
non fuisse meum, quem, quantùm potuissem, multis
sæpe orationibus scriptisque decorassem, hunc uno
violare versu. Sed sit offensus : primò nonne com-
pensabit cum unô versiculo tot mea volumina laudum
suarum ? Quòd si est commotus, ad perniciemne
non dicam amicissimi, non ita de sua laude meriti,
non ita de republica, non consularis, non senatoris,
non civis, non liberi : in hominis (c) caput ille tam
crudelis propter versum fuisset ?

(a) *Laudi*, « à l'honneur »,
à la gloire d'être utile à ses
concitoyens, de rendre des
services à la patrie, de la sauver de la fureur des méchans,
ce qui appartient surtout aux
magistrats. Ce mot a beaucoup
exercé les commentateurs ;
quelques-uns y substituent *linguæ* : à la voix, à l'éloquence.

(b) *Nisi, tu expedisses*, si
vous n'eussiez levé la difficulté.

(c) *In hominis*, sous-entendez *cujusmodi*, du moindre des hommes.

74. Mais, dit-il, vous ne pouvez vous tirer de cette seconde partie du vers, *Que les lauriers cèdent à l'éloquence ?* Bien plus, je vous ai certes de l'obligation : car j'y trouverais de la difficulté, si vous ne m'eussiez tiré d'embarras ; car lorsque, tout craintif et tout tremblant (1), vous arrachâtes de vos mains, si accoutumées au pillage, le laurier de vos faisceaux ensanglantés, et que vous vous en défîtes à la porte Esquiline, vous montrâtes par cette action que les lauriers le cédaient, non seulement à l'éloquence la plus sublime, mais aussi à la plus commune. Et cependant, scélérat, vous voulez, par cette raison, faire entendre que ce vers est cause que Pompée est devenu mon ennemi ; afin que si ce vers m'a fait tort, il paraisse que ma disgrâce vient de la part de celui qui s'en est trouvé offensé. Je ne m'arrêterai pas à prouver que ce vers ne le (2) regardait nullement, qu'il était contre mon caractère d'outrager, par un seul vers, celui que j'avais souvent, autant qu'il m'était possible, illustré dans plusieurs de mes discours (3) et de mes écrits. Mais qu'il en ait été offensé, je le veux. Premièrement, ne pesera-t-il pas avec ce petit vers tant de volumes que j'ai composés à sa louange ? quand il en aurait été piqué, serait-il devenu assez cruel jusqu'à vouloir, pour un vers, je ne dis pas la ruine d'un ami intime, qui lui a donné de si grandes louanges, qui a si bien servi la République, d'un consulaire, d'un sénateur, d'un citoyen, d'un homme libre, mais celle d'un homme quel qu'il fût ?

(1) Pison, entrant dans Rome, appréhendait qu'on ne l'accusât de concussion pour les brigandages et les voleries qu'il avait faits dans son gouvernement.

(2) Pompée.

(3) Principalement dans l'Oraison *pro lege Manilia*, qui est toute à sa louange.

Ceux que Pison représente comme des ennemis puis-
sans que Cicéron ménage à cause de leur crédit, lui
ont toujours été favorables. Les deux consuls et leurs
partisans, malgré tous leurs efforts pour le rendre
suspect à Pompée, n'ont pu lui ravir entièrement

XXXI. Tu quid, tu apud quos, tu de quo dicas,
intelligis? complecteris (a) amplissimos viros ad
tuum, et Gabinii scelus, neque id occultè : nam
paulò antè dixisti, me cum iis confligere, quos des-
picerem; non attingere eos, qui plus possent, quibus iratus esse deberem. Quorum quidem (quis enim
non intelligit, quos dicas?) quanquam non est una
causa omnium, tamen est omnium mihi probata.

76. Me Cn. Pompeius, multis obsistentibus ejus
erga me studio atque amori, semper dilexit, semper
suâ conjunctione dignissimum judicavit, semper non
modò incolumem, sed etiam amplissimum, atque ornatissimum voluit esse : vestræ fraudes, vestrum scelus, vestræ criminationes insidiarum mearum (b),
illius periculorum, nefariè fictæ, simul eorum, qui
familiaritatis licentiâ, suorum improbissimorum ser-
monum domicilium in auribus ejus, impulsu vestro,
collocaverunt, vestræ cupiditates provinciarum effe-
cerunt, ut ego excluderer, omnesque, qui me, qui
illius glóriam, qui rempublicam salvam esse cupiebant,
sermone atque aditu prohiberentur.

77. Quibus rebus est perfectum, ut illi planè suo
stare judicio non liceret, quum certi homines non
studium ejus a me alienassent, sed auxilium retardas-

(a) *Complecteris ad tuum* « de mes embûches », c'est-
scelus, vous associez à votre à-dire, de celles que vous
crime. m'accusiez faussement de
(b) *Insidiarum mearum,* dresser à Pompée.

l'amitié de ce grand homme. L'opiniâtreté de Pison
à soutenir Clodius dans ses entreprises criminelles,
nonobstant toute représentation, doit attirer sur lui
principalement la haine de l'orateur.

XXXI. Concevez-vous ce que vous dites, voyez-
vous devant qui et de qui vous parlez? Vous envelop-
pez dans votre crime et dans celui de Gabinius, les
hommes les plus illustres (1), et vous le faites publiquement : car vous avez dit un peu auparavant, que
je combattais contre des gens pour lesquels je n'avais
que du mépris; que je ne m'adressais pas à ceux qui
avaient plus de crédit, et contre lesquels je devais être
irrité. Quoiqu'à la vérité la conduite de tous n'ait pas
été la même (car qui ne comprend pas de qui vous
voulez parler), cependant ils m'ont tous été favorables.

76. Cn. Pompée m'a toujours aimé, malgré tous les
efforts que plusieurs ont faits pour s'opposer à son inclination et à son amour pour moi ; il m'a toujours jugé
très-digne de lui être uni. Non seulement il a toujours
souhaité que je fusse sain et sauf, mais aussi comblé
de toutes sortes d'honneurs. Vos fourberies (2), vos
crimes, vos accusations méchamment forgées pour me
tendre des piéges, et l'exposer au danger ; les discours
très-pernicieux de ceux qui, sous le privilége de fami-
liarité, et à votre sollicitation, lui ont rebattu les
oreilles de leurs impostures; vos empressemens pour
obtenir des gouvernemens, ont tant fait que j'ai été ex-
clus, et que tous ceux qui souhaitaient avec ardeur sa
gloire, ma conservation et celle de la République,
n'ont pu ni lui parler, ni avoir accès auprès de lui.

77. On est parvenu, par toutes ces intrigues, à
l'empêcher de persister ouvertement dans son sentiment : certaines personnes n'ayant pu le détacher de
son affection pour moi, l'ont au moins fait différer de

(1) Cicéron désigne ici Cé-   (2) Pison, Gabinius et toute
sar et Pompée qui étaient sans   leur cabale, avaient inventé
doute les plus grands person-   mille calomnies, pour rendre
nages de Rome.   Cicéron odieux à Pompée.

*5

sent. Nonne ad te L. Lentulus, qui tum erat prætor, non Q. Sanga, non L. Torquatus pater, non M. Lucullus venit? qui omnes ad eum, multique mortales oratum in Albanum, obsecratúmque venerant, ne meas fortunas desereret, cum reipublicæ salute conjunctas : quos ille ad te, et ad tuum collegam remisit, ut causam publicam susciperetis, ut ad senatum referretis : se contra armatum tribunum plebis sine consilio publico decertare nolle : consulibus ex senatusconsulto rempublicam defendentibus, se arma sumpturum.

78. Ecquid, infelix, recordaris, quid responderis? in quo illi omnes quidem, sed Torquatus præter cæteros, furebat contumaciâ responsi tui, te non esse tam fortem, quàm ipse Torquatus in consulatu fuisset, aut ego : nihil opus esse armis, nihil contentione : me posse iterum rempublicam servare, si cessissem : infinitam cædem fore, si restitissem : deinde ad extremum, neque se, neque generum, neque collegam suum, tribuno plebis defuturum. Hìc tu, hostis, ac proditor, aliis me inimiciorem, quàm tibi, debere esse dicis ?

L'orateur explique les motifs qui l'ont engagé à refuser les honneurs dont César faisait part à ses proches; il excuse ce dernier d'avoir préféré sa propre conser-

XXXII. Ego C. Cæsarem non eadem de republica sensisse, quæ me, scio : sed tamen, quod jam de eo, his audientibus, sæpe dixi, me ille sui totius consulatûs, eorumque honorum, quos cum proximis com-

(1) Il fut consul la première année de la guerre civile.

(2) Q. Fabius Sanga. Il découvrit à Cicéron la conjuration de Catilina.

(3) C'était une terre qui appartenait à Pompée, où il se retirait pour être plus en liberté.

(4) Clodius, qui enrôlait

me secourir. L. Lentulus (1), qui était préteur alors, Q. Sanga (2), L. Torquatus le père, M. Lucullus, ne sont-ils pas venus vous trouver? Eux tous, et beaucoup d'autres, s'étaient rendus au mont Alban (3), pour le prier et le conjurer de ne point abandonner mes intérêts, liés au salut de la République : il les renvoya vers vous et votre collègue, pour que vous prissiez la défense de la cause publique, et que vous en fissiez votre rapport au sénat. Il alléguait pour raison, qu'il ne voulait pas, sans un ordre public, combattre contre un tribun du peuple (4) qui avait les armes à la main; et que si les consuls, par ordre du sénat, défendaient la République, alors il prendrait les armes.

78. Misérable, vous rappelez-vous ce que vous répondîtes? A la vérité, tous tant qu'ils étaient, et Torquatus surtout, ne se possédèrent pas à votre réponse audacieuse : que vous n'étiez pas aussi puissant dans votre consulat, que Torquatus (5) et moi l'avions été dans le nôtre; qu'il était inutile et d'armer et de disputer; qu'il était encore en mon pouvoir de conserver la République, si je cédais; que si je résistais, il y aurait un furieux carnage; qu'enfin ni vous, ni votre gendre, ni votre collègue, n'abandonneriez le tribun du peuple. Direz-vous encore, ennemi public et traître que vous êtes, que je dois plus haïr les autres que vous?

vation à la sienne : zèle de Pompée à son égard : César n'a jamais pu haïr Cicéron, même lorsqu'ils étaient le plus opposés de sentimens.

XXXII. C. César n'a pas eu pour la République les mêmes sentimens que moi, je le sais : mais cependant, je l'ai déjà dit plus d'une fois devant ces Messieurs, il a voulu que je lui servisse d'associé dans toutes les fonctions de son consulat, et que je partageasse les hon-

les esclaves auprès du tribunal d'Aurélius.

(5). Torquatus et Cotta étaient consuls, lorsque l'on découvrit la première conjuration de Catilina, qui avait résolu de les massacrer.

municavit, socium esse voluit, detulit, invitavit, ro-
gavit. Non sum ego, propter nimiàm fortasse cons-
tantiæ cupiditatem, adductus ad causam (a) : non
postulabam, ut ei carissimus essem, cujus ego ne
beneficiis quidem sententiam meam tradidissem. Ad-
ducta res in certamen, te consule, putabatur, utrùm,
quæ superiore anno ille gessisset, manerent, an res-
cinderentur. Quid loquar plura ? si tantum ille in me
esse uno roboris et virtutis putavit, ut ea, quæ ipse
gesserat, conciderent, si ego restitissem; cur ei nòn
ignoscam, si anteposuit suam salutem meæ ?

80. Sed præterita omitto. Me ut Cneius Pompeius
omnibus suis studiis, laboribus, vitæ periculis complexus est, quum municipia pro me adiret, Italiæ
fidem imploraret, P. Lentulo consuli, auctori salutis
meæ, frequens assideret, senatui sententiam præstaret (b), in concionibus non modò se defensorem salutis meæ, sed etiam supplicem pro me profiteretur;
hujus voluntatis eum, quem multùm posse intellige-
bat, mihi non inimicum esse cognôrat, socium sibi et
adjutorem C. Cæsarem adjunxit. Jam vides, me tibi
non inimicum, sed hostem; illis, quos describis,
non modò non iratum, sed etiam amicum esse debere : quorum alter, id quod meminero semper, æquè
mihi fuit amicus, ac sibi (c); alter, id quod obliviscar
aliquando, sibi amicior, quàm mihi (d). Deinde hoc

(a) *Ad causam*, sous-en-
tendez *Cæsaris.* Il avait refusé
les bienfaits de César, par attachement pour son opinion, vu
qu'il n'approuvait pas le partage des terres de la Campanie,
et dans la crainte de passer
pour une de ses créatures.

(b) *Senatui sententiam
præstaret.* Lallemand in-
terprète ainsi ce passage : *id*

*est, sententiam, quam dic-
turus esset, salutarem mihi
fore, neque à senatûs voluntate alienam confirmaret.*
D'autres traduisent : « par-
lait de moi le premier dans le
sénat ».

(c) *Æquè... amicus, ac
sibi ;* puisqu'en effet Pompée
n'avait pas craint de s'exposer lui-même pour être utile

neurs dont il faisait part à ses plus proches (1); il est venu me le proposer, m'y engager, m'en prier. Je n'ai pu me résoudre à accepter son offre, peut-être par trop de passion pour la constance. Je ne demandais point d'être si chéri d'un homme dont les bienfaits même n'auraient pu m'engager à trahir mes sentimens. On mit en délibération, sous votre consulat, si les réglemens qu'il (2) avait faits l'année précédente, seraient confirmés ou abolis. Qu'est-il besoin que je m'étende davantage là-dessus? s'il a cru que j'avais seul assez de force et de pouvoir pour faire casser ce qu'il avait fait, supposé que je m'y opposasse, pourquoi ne lui pardonnerais-je pas d'avoir préféré sa conservation à la mienne?

80. Mais je laisse là le passé. Quand Pompée embrassa ma défense, avec tout le zèle dont il était capable, qu'il mit tout en œuvre, et qu'il exposa même sa vie pour réussir : lorsqu'il alla solliciter en ma faveur les villes municipales, implorer la protection de toute l'Italie; lorsqu'il était assidu auprès du consul Lentulus, premier moteur de mon rétablissement (3) : qu'il faisait connaître le sentiment du sénat à mon égard; que dans les assemblées, non content de se déclarer mon défenseur, il suppliait en ma faveur; il associa à son zèle et prit pour l'aider César, qu'il savait avoir beaucoup de crédit, et qu'il avait reconnu n'être point mon ennemi. Voyez-vous maintenant que je dois être, non seulement votre simple ennemi, mais votre ennemi implacable; et que bien loin d'être irrité contre ceux que vous avez dépeints, je dois être leur ami. L'un d'eux, je m'en ressouviendrai toujours, a eu autant d'amitié pour moi que pour lui-même : l'autre s'est plus aimé qu'il ne m'aimait, ce que j'oublierai un jour. Il

à l'orateur.

(d) *Sibi amicior, quàm mihi*; puisque César ne s'était pas opposé à l'exil de Cicéron, dans la crainte de voir casser tous ses actes.

(1) Jules César donna des charges à Pison son beau-père et à Pompée son gendre. Il avait voulu leur adjoindre Cicéron pour le partage des terres de la Campanie.

(2) César.

(3) Lentulus, étant consul, prit le parti de Cicéron, et proposa au sénat de le rappeler d'exil.

ita fit, ut viri fortes, etiamsi ferro inter se cominus decertârint, tamen illud contentionis odium simul cum ipsa pugna, armisque ponant. Atque me ille odisse nunquam potuit, me tum quidem, quum dissidebamus. Habet hoc virtus (quam tu ne de facie quidem nosti) ut viros fortes species ejus, et pulchritudo etiam in hoste posita delectet.

Quand même César se montrerait son ennemi déclaré, Cicéron l'aimerait encore à cause de ses belles actions : éloge adroit de ce général. Mais César considère Cicéron, il l'aime et le juge digne de toutes sortes de louanges ; vainement Pison voudrait que

XXXIII. Equidem dicam ex animo, Patres conscripti, quod sentio, et quod vobis audientibus sæpe jam dixi. Si mihi nunquam amicus C. Cæsar fuisset, sed semper iratus : si aspernaretur amicitiam meam, seseque mihi implacabilem, inexpiabilemque præberet, tamen ei, quum tantas res gessisset, gereretque quotidie, non amicus esse non possem ; cujus ego imperio non Alpium vallum contra adscensum transgressionemque Gallorum, non Rheni fossam (*a*), gurgitibus illis redundantem, Germanorum immanissimis gentibus objicio, et oppono.

82. Perfecit ille, ut, si montes resedissent, amnes exaruissent, non naturæ præsidio, sed victoriâ suâ, rebusque gestis Italiam munitam haberemus. Sed, quum me expetat, diligat, omni laude dignum putet, tu me a tuis inimicitiis ad simultatem revocabis ? sic tuis sceleribus reipublicæ præterita fata refricabis ?

(*a*) *Rheni fossam*, « le Rhin » dont les eaux sont si profondes et si rapides. On sait que ce fleuve séparait la Gaule de l'Allemagne.

(1) César avait voulu faire une loi du partage des terres, pour gagner l'affection du peuple ; Cicéron s'y opposa de toute sa force. César, contre l'avis de Cicéron, voulait aussi qu'on usât de ménage-

nous est arrivé comme aux hommes braves : quoiqu'ils
se soient battus de près, cependant, aussitôt que le combat est fini, ils se défont de leur haine, en mettant les
armes bas. César n'a jamais pu me haïr, non pas même
dans le temps que nous étions si opposés (1) de sentimens. C'est le propre de la vertu, dont vous ne connais-
sez seulement pas l'ombre, de plaire aux hommes courageux par son éclat et sa beauté, même dans la personne de leurs ennemis.

l'orateur fût plutôt l'ennemi de ce grand homme que
le sien. Il répond à une interpellation de son adver-
saire, qui lui avait demandé pourquoi il ne se por-
tait pas accusateur contre lui.

XXXIII. Certes, je dirai avec sincérité, Messieurs,
ce que je pense et ce que vous m'avez déjà entendu
dire souvent. Quand même César, loin d'avoir jamais
été de mes amis, aurait toujours été irrité contre moi ;
quand il mépriserait mon amitié, et qu'il me témoigne-
rait une haine implacable et inexorable ; cependant,
après les grandes choses qu'il a faites et qu'il fait tous
les jours, je ne pourrais m'empêcher de l'aimer. Sous
son empire, je n'ai besoin d'opposer ni le rempart des
Alpes (2) à l'escalade et au passage des Gaulois, ni le
canal du Rhin, enflé de l'eau de ses gouffres, aux nations les plus féroces de la Germanie.

82. Il (3) a fait en sorte que quand les montagnes
s'aplaniraient, quand les fleuves deviendraient à sec,
sans ces barrières de la nature, ses grands exploits et ses
victoires (4) nous assureraient le repos de l'Italie. Mais
puisqu'il me souhaite, me considère, m'aime, me juge
digne de toutes sortes de louanges, direz-vous que je
dois être plutôt son ennemi que le vôtre ? Renouvelez-
vous ainsi par vos crimes, les anciens malheurs de la

mens envers les complices de
Catilina.

(2) Les montagnes des Al-
pes sont comme une espèce de
rempart que la nature a mis
pour conserver l'Italie.

(3) César.
(4) César, gouverneur des
Gaules, faisait alors la guerre
contre les Anglais et les Al-
lemands.

quod quidem tu, qui bene nosses conjunctionem meam
et Cæsaris, eludebas, quum a me trementibus omnino
labris (*a*), sed tamen, cur tibi nomen non deferrem (*b*),
requirebas. Quanquam, quod ad me attinet : *Nunquam istam imminuam curam, infitiando tibi* (*c*) :
tamen est mihi considerandum, quantum illi, tantis
reipublicæ negotiis, tantoque bello impedito, ego homo
amicissimus, sollicitudinis atque oneris imponam (*d*) :
nec despero tamen, quanquam languet juventus, nec
perinde, ac debeat, in laudis et gloriæ cupiditate
versatur, futuros aliquos, qui abjectum hoc cadaver
consularibus spoliis nudare non nolint, præsertim tam
afflicto, tam infirmo, tam enervato reo : qui te ita
gesseris, ut timeres, ne indignus beneficio (*e*) vide-
reris, nisi ejus, a quo missus eras, simillimus exsti-
tisses.

TROISIÈME PARTIE DES DÉBATS.

*L'orateur entreprend d'examiner la conduite infâme de
Pison dans son gouvernement. Il lui reproche ses exac-*

XXXIV. An verò tu parum putas investigatas
esse a nobis labes imperii tui, stragesque provinciæ ?
quas quidem nos non vestigiis odorantes (*f*) ingressus
tuos, sed totis volutationibus corporis, et cubilibus

(*a*) *Trementibus labris*, « en
balbutiant, du bout des lèvres ». Pison faisait cette
question en tremblant, par la
crainte que lui inspiraient ses
crimes. Mais il pensait que
l'orateur n'oserait pas l'accuser de peur d'offenser César,
gendre de Pison.

(*b*) *Cur tibi nomen non
deferrem*, « pourquoi je ne me
rendais pas délateur contre
vous, je ne vous accusais pas ».
Quelques-uns donnent un
autre sens à cet endroit, et
traduisent : pourquoi je ne
vous le dénonçais pas, sous-
entendant *Cæsaris* après *nomen*. En admettant cette interprétation, tout le reste, jusqu'au nombre XXXIV, serait
une ironie de Cicéron, adressée à Pison. Nous préférons la
première version.

(*c*) *Infitiando tibi*, « en
vous disant que je ne le ferai
pas ». C'est un vers d'Accius,
qu'il met dans la bouche d'A-
trée, dans sa tragédie de
Thyeste.

République ? Quoique vous fussiez bien instruit de l'union qui régnait entre César et moi, vous affectiez de n'en rien voir ; lorsque vous me demandiez tout tremblant, pourquoi je ne vous dénonçais pas. Bien que pour ce qui me regarde, *je ne veuille jamais, en désavouant, diminuer l'inquiétude où vous êtes,* il faut néanmoins que j'examine, moi qui suis un des plus grands amis de César, combien j'imposerai de charges à cet homme, occupé des plus importantes affaires de la République, et d'une guerre si considérable. Je ne désespère pourtant pas, malgré l'indolence de notre jeunesse, qui n'est plus sensible, comme elle devrait l'être, à la gloire et à l'honneur, d'en voir quelques-uns dépouiller ce vil cadavre des ornemens consulaires (1), surtout ce coupable étant si accablé, si lâche et si languissant : vous vous êtes conduit de façon à craindre de paraître indigne de l'emploi dont vous avez été gratifié, si vous n'étiez tout à fait semblable à celui (2) qui vous y avait placé.

TROISIÈME PARTIE DES DÉBATS.

tions, ses cruautés et ses injustices.

XXXIV. Mais croyez-vous que nous n'avons pas fait une exacte perquisition des désordres infâmes de votre gouvernement, des ravages que vous avez faits dans votre province ? Nous les avons suivis, non seulement sur les traces que votre entrée nous a fait pressentir, mais aussi jusque dans les tanières où votre corps s'est

---

(d) *Sollicitudinis atque oneris*, etc., « combien je lui imposerai de charges et d'inquiétude ». Quoique César fît peu de cas de Pison, il n'aurait pu cependant le voir mettre en accusation, sans une sorte d'inquiétude : les liens de la parenté eussent réveillé en lui cette affection qu'un gendre doit à son beau-père.

(e) *Beneficio*, sous-entendez *provinciæ a Clodio acceptæ.*

(f) *Vestigiis odorantes.* Métaphore aussi belle qu'ingénieuse, tirée de la chasse.

(1) Les jeunes Romains, pour s'exercer à l'éloquence, accusaient, dans le barreau, les citoyens qui avaient fait des fautes.

(2) Clodius.

persecuti sumus. Notata a nobis sunt et prima illa scelera in adventu, quum, acceptâ pecuniâ à Dyrrhachinis ob necem hospitis tui Platoris, ejus ipsius domum evertisti (a), cujus sanguinem addixeras; eumque, servis symphoniacis, et aliis muneribus acceptis, timentem, multùmque dubitantem confirmasti (b), et Thessalonicam fide tuâ venire jussisti : quem ne majorum quidem more supplicio affecisti, quum miser ille securibus hospitis sui cervices subjicere gestiret; sed ei medico, quem tecum eduxeras, imperasti, ut venas hominis incideret.

84. Tum quidem tibi etiam accessio fuit ad necem Platoris, Pleuratus ejus comes, quem necasti verberibus, summâ senectute confectum. Idemque tu Rabocentum, Bessicæ gentis principem, quum te trecentis talentis Regi Cotto vendidisses, securi percussisti; quum ille ad te legatus in castra venisset, et tibi magna præsidia et auxilia, a Bessis, peditum equitumque polliceretur : neque eum solùm, sed etiam cæteros legatos, qui simul venerant : quorum omnium capita Regi Cotto vendidisti. Denseletis, quæ natio semper obediens huic imperio, etiam in illa omnium barbarorum defectione Macedonica, C. Sentium prætorem tutata est, nefarium bellum et crudele intulisti; eisque quum fidelissimis sociis uti posses, hostibus uti acerrimis maluisti : ita perpetuò defensores Macedoniæ, vexatores ac perditores effecisti : vectigalia nostra perturbârunt (c), urbes ceperunt, vastârunt agros,

(a) *Domum evertisti*, « vous ruinâtes sa maison », en vous installant chez lui, et en lui imposant, par votre présence, toutes sortes de dépenses.

(b) *Confirmasti*, « vous le rassurâtes », pour mieux le tromper.

(c) *Perturbârunt;* en empêchant de les lever.

(1) Ville de la Macédoine sur la mer Adriatique, d'où l'on partait pour retourner en Italie..

(2) Ville célèbre de la Macédoine, où le proconsul Romain faisait sa résidence.

si souvent roulé. Nous avons remarqué vos premiers forfaits à votre arrivée, lorsque après avoir reçu de l'argent des habitans de Durazzo (1), pour faire mourir Plator, votre hôte, vous avez ruiné la maison de celui dont vous aviez mis la tête à prix : après en avoir reçu des esclaves musiciens, et d'autres présens, vous l'avez rassuré malgré ses alarmes et ses soupçons, et vous lui avez ordonné de se rendre sur votre parole à Thessalonique (2). Vous ne l'avez pas même fait mourir selon l'usage de nos ancêtres, quoique ce malheureux désirât avec empressement de soumettre sa tête à la hache (3) de son hôte ; mais vous avez ordonné au médecin que vous aviez amené, de lui ouvrir les veines.

84. Alors la mort de Plator vous servit d'acheminement à celle de Pleurate, son compagnon, que vous fîtes mourir sous les verges, quoiqu'il fût dans une extrême vieillesse. C'est aussi par votre ordre que Rabocentus, prince des Besses (4), après que vous vous fûtes vendu 300 talents au roi Cottus (5), périt sous la hache de vos licteurs, quoiqu'il fût venu dans votre camp en qualité d'ambassadeur, et qu'il vous eût promis de la part des Besses, de grands secours d'infanterie et de cavalerie. Il ne fut pas le seul que vous ayez traité de cette sorte, vous fîtes mourir aussi les autres ambassadeurs qui l'avaient accompagné : vous aviez vendu leurs têtes à ce roi Cottus. Les Denselettes (6), nation toujours soumise à cet empire, au milieu même de la révolte générale des barbares de la Macédoine, défendirent le préteur C. Sensius ; vous leur avez fait une guerre aussi injuste que cruelle : et lorsque vous pouviez vous en servir comme de fidèles alliés, vous avez mieux aimé vous en faire des ennemis jurés : aussi, de perpétuels défenseurs de la Macédoine qu'ils étaient, vous les avez forcés d'en être les persécuteurs et les destructeurs. Ils se sont opposés à la levée de nos revenus, ils ont pris des villes, ravagé les cam-

(3) Instrument d'un des supplices usités chez les Romains.

(4) Peuple de Thrace, le long du fleuve Strymon.

(5) Cottus ou Cotys, roi de Thrace.

(6) Peuple de Thrace, proche Sardique et le mont Hémus.

socios nostros in servitutem abduxerunt , familias
abripuerunt , pecus abegerunt ; Thessalonicenses ,
quum oppido desperassent , munire arcem coege-
runt.

*L'orateur représente Pison comme le spoliateur des
temples et l'ennemi des dieux immortels, qui ont
puni ses crimes sur les soldats de la République. Il*

XXXV. A te Jovis Urii fanum antiquissimum barbarorum , sanctissimumque direptum est : tua scelera
Dii immortales in nostros milites expiaverunt ; qui
quum uno genere morbi affligerentur, neque se recreare
quisquam posset , qui semel incidisset ; dubitabat
nemo , quin violati hospites, legati necati ; pacati
atque socii nefario bello lacessiti , fana vexata , hanc
tantam efficerent vastitatem. Cognoscis ex particula
parva, scelerum et crudelitatis tuæ genus universum.

86. Quid avaritiæ, quæ criminibus infinitis im-
plicata est , summam nunc explicem ? Generatim ea ,
quæ maximè nota sunt, dicam. Nonne sestertium centies et octogies (*a*) , quod, quasi vasarii nomine (*b*) , in
venditione mei capitis adscripseras, ex ærario tibi attri-
butum , Romæ in quæstu reliquisti ? nonne quum CC
talenta tibi Apolloniatæ Romæ dedissent, ne pecunias
creditas solverent , ultro Fufidium, equitem Romanum , hominem ornatissimum, creditorem, debitoribus
suis addixisti ? nonne , hiberna quum legato præfectoque (*c*) tradidisses , evertisti miseras funditùs civitates ;
quæ non solùm bonis sunt exhaustæ, sed etiam nefarias

(*a*) *Sestertium centies et
octogies* , « 180,000 sesterces », environ 1,620,000 livres de notre monnaie.

(*b*) *Vasarii nomine*, « pour
vos usages domestiques » ; à
titre de frais de voyage et
d'ameublement.

(*c*) *Legato præfectoque* ,
sous - entendez *equitum*, « à
votre lieutenant et au commandant de votre cavalerie ».

(1) Ce temple, où les barbares venaient de toutes parts,
était situé à l'embouchure du
Pont-Euxin.

pagnes, mené nos alliés en captivité, enlevé les domestiques, pillé les bestiaux, et contraint les Thessa-
loniciens, qui ne comptaient plus sur leur ville, de se
fortifier dans leur citadelle.

met au jour son insatiable avarice, et fait connaître
les excès qui en furent la suite.

XXXV. C'est par vos ordres que le temple de Ju-
piter Urius (1), si ancien chez les Barbares, et si saint,
a été pillé. Les dieux immortels ont puni vos crimes
sur nos soldats, qui furent frappés d'une même sorte
de maladie, sans qu'aucun d'eux en pût guérir, dès
qu'il en était une fois attaqué. Personne ne doutait que
les droits de l'hospitalité violés, les ambassadeurs mis
à mort, les alliés paisibles tourmentés par une guerre
injuste, les temples profanés, ne fussent la cause d'une
calamité si générale. Ce petit échantillon vous décou-
vre toute la nature de vos forfaits et de vos cruautés.

86. Quant à votre avarice qui est mêlée d'une infi-
nité d'autres crimes, pourquoi en développer à présent les excès? Je ne parlerai qu'en gros des plus no-
toires. Les cent quatre-vingt mille sesterces qui vous
avaient été comptés du trésor public, comme pour
vos usages domestiques, mais réellement pour que
vous ne vous opposassiez pas à ma perte (2), ne les
avez-vous pas laissés à Rome pour les y faire profiter?
Lorsque les Apolloniates (3) vous eurent compté dans
Rome deux cents talents (4), pour ne point payer leurs
dettes, ne livrâtes-vous point de gaîté de cœur, à ces
débiteurs, leur créancier Fufidius, très-illustre chevalier Romain? Lorsque vous assignâtes des quartiers
d'hiver à votre lieutenant et à votre colonel, ne rui-
nâtes-vous pas de fond en comble ces misérables villes,
qui ne furent pas seulement épuisées de leurs biens,

(2) Pison était convenu
avec Clodius, que s'il faisait
mourir Cicéron, il lui don-
nerait l'argent que le trésor
devait lui fournir pour l'en-
tretien de son armée.

(3) Ceux d'Apollonie, ville
de Macédoine.

(4) Cent vingt mille écus de
France.

libidinum contumelias turpitudinesque subierunt? Qui
modus tibi fuit frumenti æstimandi (*a*) ? qui honorarii?
si quidem potest vi et metu extortum , honorarium
nominari : quod quum peræquè omnes , tum acerbis-
simè Bœotii et Bysantii , Chersonenses , Thessalonica
sensit : unus tu dominus , unus æstimator , unus ven-
ditor , tota in provincia , per triennium , frumenti
omnis fuisti.

*Il poursuit le détail des crimes de Pison , toujours
causés par son avarice. Il lui reproche sa faiblesse
et son abattement , lorsqu'il vit qu'on lui ôtait la province de Macédoine ; il le représente livré aux larmes
et aux gémissemens , cherchant à cacher sa honte et*

XXXVI. Quid ego rerum capitalium quæstiones ,
reorum pactiones, redemptiones, acerbissimas damnationes, libidinosissimas liberationes proferam ? tantùm
locum aliquem (*b*) quum mihi notum senseris, tecum
ipse licebit, quot in eo genere , et quanta sint crimina,
recordere. Quid? illam armorum officinam ecquid recordaris, quum omni totius provinciæ pecore com-
pulso , pellium nomine (*c*) , omnem quæstum illum domesticum paternumque renovasti ? videras enim grandis
jam puer , bello Italico , repleri quæstu vestram domum, quum pater armis faciendis tuus præfuisset.

(*a*) *Frumenti æstimandi ,*
« à l'estimation du blé ». Les
peuples étaient imposés à une
certaine quantité de blé ,
qu'ils devaient fournir aux
Romains ; mais il était libre
aux gouverneurs d'en fixer le
prix, et d'exiger ensuite le
tribut en argent, ce qui donnait lieu aux plus grands
abus. *Honorarii*, le blé que
les peuples donnaient gratis

et par honneur à ceux qui
gouvernaient les provinces ,
autre sujet d'exactions.
(*b*) *Locum aliquem*, pour
aliquod criminum genus.
(*c*) *Pellium nomine*, « sous
le prétexte d'avoir des
peaux », pour servir aux ob-
jets militaires , à couvrir des
boucliers , à faire des tentes,
etc.
(1) Peuple de la Grèce.

mais obligées de subir toutes vos infamies et toutes vos
honteuses prostitutions? Quelles bornes mîtes-vous à
l'estimation du blé? à celui qu'on vous donna comme
honoraire? si même on peut appeler de ce nom ce qui
a été extorqué par force et par crainte? La plupart des
villes se sont ressenties de ces vexations, mais plus
cruellement les Béotiens (1), les Byzantins (2), les peuples de la Chersonnèse (3) et de Thessalonique. Vous
avez été durant trois ans dans toute la province, le seul
maître, le seul appréciateur et le seul vendeur des
blés.

son ignominie dans les lieux les plus isolés, puis s'a-
bandonnant de nouveau à la débauche, sur le moindre
faux bruit de sa conservation dans son gouverne-
ment.

XXXVI. Que dirai-je des tortures dans les affaires
criminelles, de vos conventions avec les coupables (4),
du rachat des criminels, des condamnations les plus
cruelles, des grâces accordées à la plus infâme débauche? Seulement, lorsque vous sentirez que je touche
quelque endroit qui m'est connu, vous pourrez vous
rappeler en vous-même, combien il y a en ce genre de
graves accusations contre vous. Hé quoi! ne vous rappelez-vous pas ce magasin d'armes, lorsque, après avoir
rassemblé tous les bestiaux de votre province, sous
prétexte de vous servir de leurs peaux, vous renouve-
lâtes tous ces profits faits autrefois dans votre famille
paternelle (5)? car vers la fin de votre enfance, vous
aviez vu, pendant la guerre d'Italie (6), votre maison
s'enrichir, lorsque votre père avait l'inspection sur la

(2) Ceux de Bysance, ville
de Thrace, aujourd'hui Cons-
tantinople.

(3) Elle était située dans
la Thrace, vers le Pont-
Euxin.

(4) Pison prenait de l'argent des criminels, pour les
absoudre et les exempter des

supplices qu'ils avaient mérités.

(5) Cicéron dit au com-
mencement de ce discours,
que Pison était fils d'un insigne voleur.

(6) Elle fut appelée la
guerre des alliés, qui demandèrent le droit de bourgeoisie

Quid? vectigalem provinciam, singulis rebus, quæcumque venirent, certo portorio (*a*) imposito, servis tuis publicanis a te factam esse meministi?

88. Quid? centuriatus palàm venditos? quid? per tuum servulum ordines assignatos? quid? stipendium militibus per omnes annos a civitatibus, mensis palàm propositis (*b*), esse numeratum? Quid illa in Pontum profectio, et conatus (*c*) tuus? quid debilitatio, atque abjectio animi tui, Macedonià prætorià nuntiatà, quum tu non solùm, quòd tibi succederetur, sed quòd Gabinio non succederetur, exsanguis et mortuus (*d*) concidisti? quid quæstor ædilitius rejectus? præpositus legatorum tuorum optimus abs te quisque violatus? tribuni militum non recepti? M. Bæbius, vir fortis, interfectus jussu tuo?

89. Quid, quòd tu toties diffidens ac desperans rebus tuis, in sordibus, lamentis, luctuque jacuisti? quòd populari illi sacerdoti sexcentos ad bestias amicos sociosque misisti (*e*)? quid, quòd, quum sustentare vix posses mœrorem tuum, doloremque decessio-

---

Romaine en l'année 663 depuis la fondation de Rome.

(*a*) *Certo portorio*, un droit d'importation et d'exportation, une taxe sur les marchandises qui entrent dans un pays ou qui en sortent.

(*b*) *Mensis palàm propositis*, mot-à-mot, des tables étant dressées publiquement à cet effet, par des banquiers publics.

(*c*) *Et conatus*, etc. Il est probable que Pison, soupirant après l'argent des bar-

bares, avait fait une attaque dans le Pont, et qu'il avait été repoussé; c'est pourquoi l'orateur appelle son entreprise *conatus*, un effort, et non pas *bellum*.

(*d*) *Exsanguis et mortuus*, parce qu'il voyait approcher le terme de ses rapines et de ses brigandages.

(*e*) *Misisti*, sous-entendez *tanquam damnatos*.

(1) Pour être transporté s hors de la ville.

(2) Les dignités militaires se donnaient par récompense

fabrication des armes. Avez-vous oublié que vous avez rendu la province tributaire, en mettant un certain impôt sur toutes les choses qui se vendaient (1), impôt que vous aviez affermé à vos esclaves?

88. Vous souvient-il d'avoir vendu publiquement les compagnies aux centurions (2); de vous être servi de votre petit esclave pour assigner les rangs (3) aux officiers; d'avoir forcé les villes à donner tous les ans, par des banquiers publics, la paye aux soldats (4)? Que dire de votre voyage et de votre entreprise dans le Pont; de votre faiblesse et de votre abattement, lorsque la Macédoine fut déclarée province prétorienne (5): puisque vous tombâtes pâle comme un homme mort, parce que, non seulement vous aviez un successeur, mais parce que Gabinius n'en avait point? Pourquoi avez-vous renvoyé un questeur qui avait eu la charge d'édile (6)? pourquoi vos lieutenans substitués au questeur, ont-ils ressenti vos outrages, quoique ce fussent de très-honnêtes gens? pourquoi n'avez-vous pas admis les tribuns militaires? pourquoi le vaillant M. Bébius a-t-il été assassiné par votre ordre?

89. Pourquoi, vous défiant et désespérant du succès de vos affaires, vous êtes-vous abandonné à l'infamie, aux gémissemens et aux larmes? pourquoi avez-vous envoyé à ce sacrificateur populaire (7) six cents de nos amis et de nos alliés, pour être exposés aux bêtes? Pourquoi, pouvant à peine soutenir le chagrin et la douleur que vous causait votre départ (8), allâtes-vous premiè-

aux vaillans soldats.

(3) Ce qui était l'office des tribuns.

(4) Cette paye se tirait du trésor public; Pison se l'était attribuée, et la faisait payer aux villes.

(5) Pour retirer Pison de la Macédoine, qui était un gouvernement consulaire, on la donna à un préteur.

(6) C'était un crime de renvoyer un questeur choisi par les suffrages du peuple, et que

le sort avait donné. C'était un autre crime, parce que ce questeur avait déjà prouvé ses talens dans la fonction d'édile, et qu'outre cela, le proconsul devait être comme le père de son questeur.

(7) Clodius, dont les amis devaient donner des jeux publics, où l'on ferait combattre des hommes contre des bêtes féroces.

(8) De la Macédoine.

nis, Samothraciam te primùm, pòst inde Thasum cum
tuis teneris saltatoribus, et cum Autobulo, Athamante,
et Timocle, formosis fratribus, contulisti? quid, quòd,
quum inde te recipiens, in villa Leucadia, quæ fuit
uxoris Ægisthi, jacuisti mœrens aliquot dies ; atque
inde obsoletus Thessalonicam, omnibus inscientibus
noctuque venisti? qui quum concursum plorantium (*a*),
ac tempestatem querelarum ferre non posses, in oppi-
dum devium Berœam profugisti : quo in oppido quùm
tibi spe falsâ, quòd Q. Ancharium non esse succes-
surum putares, animos rumor inflasset ; quo te modo
ad tuam intemperantiam, scelerate, innovasti?

Rapines et extorsions nouvelles de Pison : il a dévoré
l'argent des couronnes, a fait des prises injustes,
exigé des contributions, ravi la liberté aux peuples,

XXXVII. Mitto aurum coronarium, quod te diu-
tissimè torsit, quum modò velles, modò nolles : lex
enim generi tui et decerni, et accipere vetabat, nisi
decreto triumpho. In quo tu, acceptâ tamen, et de-
voratâ pecuniâ, ut in Achæorum centum talentis,
evomere non poteras : vocabula tantùm pecuniarum,
et genera mutabas. Mitto diplomata tota in provincia
passim data : mitto numerum navium (*b*), summamque
prædæ : mitto rationem exacti, imperatique frumenti :

(*a*) *Plorantium*, « qui
versaient des larmes », à
cause des maux dont vous les
aviez accablés.

(*b*) *Numerum navium*,
« le nombre des vaisseaux »,
qu'il avait exigés des villes
alliées, sans nécessité..

(1) Ile dans la mer Égée,
auprès de Lemnos.

(2) Ile dans la même mer.

(3) Ville de la Macédoine,
voisine de Thessalonique, en
Thrace.

(4) C'est lui qui a succédé
à Pison dans la province de
Macédoine.

(5) Les nations vaincues
étaient obligées de fournir des
pièces d'or couronnées aux
généraux vainqueurs, pour
avoir la vie sauve. C'est aussi

rement à Samothrace (1), ensuite à Tharse (2) avec vos jeunes danseurs et les charmans frères Autobule, Athamas et Timoclès ? Pourquoi, lorsque vous sortîtes de là pour vous retirer dans la maison de campagne de Leucadie, qui était à la femme d'Egiste, y fûtes-vous couché pendant quelques jours, pleurant et gémissant ? Pourquoi, sortant de là tout malpropre, vous rendîtes-vous à Thessalonique, de nuit, et à l'insçu de tout le monde ? N'y pouvant soutenir l'affluence de ceux qui venaient pleurer autour de vous, et le murmure confus de leurs plaintes, vous vous réfugiâtes à Bérée (3), ville écartée de votre route. Dans cette ville, une vaine espérance vous ayant enflé le cœur, parce que sur un faux bruit, vous pensiez que Q. Ancharius (4) ne vous succéderait pas, de quelle manière, scélérat, vous êtes-vous replongé dans vos débauches ?

ruiné l'Etolie, exercé mille autres ravages, puis licencié indignement son armée.

XXXVII. Je ne parle point de cet or qui sert à faire des couronnes (5), qui vous tourmenta si long-temps : puisque tantôt vous vouliez l'accepter, tantôt vous ne le vouliez pas ; car la loi de votre gendre (6) défendait aux villes de le décerner, et à vous de le recevoir, à moins que les honneurs du triomphe ne vous eussent été accordés. Cependant, après avoir reçu cet argent et l'avoir dévoré, comme vous ne pouviez le rendre, non plus que les cent talents des Achéens, vous déguisâtes seulement et le nom et l'objet. Je passe sous silence les lettres-patentes expédiées de côté et d'autre par toute la province (7). Je ne fais mention ni du nombre des vaisseaux, ni de la quantité des prises et du butin. J'omets le compte des contributions en blés,

l'or que les villes de la province donnaient au proconsul, pour servir à lui faire la couronne de son triomphe.
(6) César.

(7) Le crime était de les avoir vendues, au lieu de les avoir expédiées gratuitement.

mitto ereptam libertatem populis (*a*), ac singulis, qui erant affecti præmiis nominatim, quorum nihil est, quod non sit lege Juliâ, ne fieri liceat, sancitum diligenter.

91. Ætoliam, quæ procul a barbaris disjuncta gentibus in sinu pacis posita, medio ferè Græciæ gremio continetur (ô pœna, ô furia sociorum!) decedens, miseram perdidisti. Arsinoam, Stratum, Naupactum, ut modò tute indicasti, nobiles urbes, atque plenas, fateris ab hostibus esse captas: quibus autem hostibus? nempe iis, quos tu Ambraciæ sedens, primo tuo adventu ex oppidis Agrianum, atque Dolopum demigrare, et aras, et focos relinquere coegisti. Hoc tu in exitu, præclare imperator, quùm tibi ad pristinas clades accessio fuisset Ætoliæ repentinus interitus, exercitum dimisisti : neque ullam pœnam, quæ tanto facinori deberetur, non maluisti subire, quàm numerum tuorum militum (*b*), reliquiasque cognosci.

L'orateur reproche à Pison d'avoir fait élever, dans la Macédoine, des trophées, monumens de sa honte et de ses défaites : il le représente assiégé dans sa maison par ses propres soldats qu'il n'avait pas payés, les abusant par de fausses promesses, et profitant des

XXXVIII. Atque ut duorum Epicureorum similitudinem in re militari, imperioque videatis : Albucius, quum in Sardinia triumphasset, Romæ damnatus est : hic, quum similem exitum spectaret, in Ma-

<hr>

(*a*) *Populis*; aux Achéens, aux Thessaliens, à ceux d'Athènes, enfin à la plus grande partie de la Grèce, tandis que, par la loi de César, ils devaient tous jouir d'une entière liberté.

(*b*) *Numerum tuorum militum*; de ces soldats dont le nombre était tellement diminué par la peste et des désastres de tout genre.
(1) Ville d'Étolie.
(2) Ou Stratopolis, selon

exigées à la rigueur. Je supprime la liberté ravie aux
peuples, et même à tous ceux qui avaient en particulier quelques priviléges : il n'y a aucune de ces prévarica-
tions que la loi Julia n'ait expressément défendue.

9r. L'Etolie, qui, séparée des nations barbares,
est située dans le sein de la paix, et presque au milieu
de la Grèce, ô supplice, ô furie de nos alliés! vous
l'avez ruinée entièrement à votre départ. Vous avouez
vous-même, ainsi que vous l'avez déclaré tout à l'heure
qu'Arsinoë (1), Strate (2), Naupacte (3), villes célèbres et peuplées, ont été prises par les ennemis : et
par quels ennemis ? par ceux, sans doute, qu'au moment de votre arrivée, lorsque vous demeuriez à Ambracie (4), vous avez forcés de quitter les villes d'Agria (5)
et de Dolopes (6), et d'abandonner leurs dieux et leurs
maisons. Dans ces conjonctures, fameux général (7),
après avoir ajouté la ruine soudaine de l'Etolie à vos
précédens ravages, vous avez licencié votre armée, et
vous aimâtes mieux vous exposer à toutes les punitions
dues à un si grand crime, que de laisser connaître le
nombre des soldats que vous aviez perdus, et ce qui
vous en restait,

ténèbres de la nuit, pour se dérober à leur fureur par
une fuite précipitée : outrage fait à sa statue par ces
mêmes soldats. Il le menace d'une prochaine accu-
sation.

XXXVIII. Et pour vous faire voir le parallèle de
deux Epicuriens dans l'art et le commandement militaire,
Albucius, après avoir triomphé dans la Sardaigne, fut
condamné à Rome ; celui-ci (8), appréhendant le même

Diodore, ville de l'Acar-
nanie.

(3) Ville de l'Etolie, à
l'embouchure du golfe de Corinthe ; auj. *Lépante.*

(4) Ville de l'Epire. L'em-
pereur Auguste donna le nom
de Nicople à cette ville, après

avoir vaincu Marc-Antoine.
C'est auj. *Larta.*

(5) Ville de Grèce.

(6) Ville de Thessalie,
près du Pinde.

(7) Pison.

(8) Pison.

cedonia tropæa posuit; eaque, quæ bellicæ laudis,
victoriæque omnes gentes insignia et monumenta esse
voluerunt, noster hic præposterus imperator, amisso-
rum oppidorum, cæsarum legionum, provinciæ præsidio et reliquis militibus orbatæ, ad sempiternum
dedecus sui generis et nominis, funesta indicia consti-
tuit : idemque, ut esset, quod in basi tropæorum in-
cidi inscribique posset, Dyrrachium ut venit, decedens, obsessus est ab iis ipsis militibus, quos paulò
ante Torquato respondit beneficii causâ (a) ab se esse
dimissos : quibus quum juratus affirmasset, se, quæ
deberentur, postero die persoluturum, domum se ab-
didit : inde nocte intempestâ, crepidatus, veste ser-
vili, navem conscendit, Brundisiumque vitavit, et
ultimas Adriatici maris oras petivit.

93. Quum interim Dyrrachii milites domum, in
qua istum esse arbitrabantur, obsidere cœperunt, et,
quum latere hominem putarent, ignes circumdederunt :
quo metu commoti Dyrrachini, profugisse noctu cre-
pidatum imperatorem indicaverunt. Illi autem statuam,
istius persimilem, quam stare celeberrimo in loco voluerat, ne suavissimi hominis memoria moreretur,
deturbant, affligunt, comminuunt, dissipant : sic
odium, quod in ipsum attulerant, id in ejus imaginem
ac simulacrum profuderunt.

94. Quæ quum ita sint, non dubito, quin, quum
hæc, quæ excellunt, me nosse videas, non existimes,
mediam illam partem et turbam flagitiorum tuorum

(a) *Beneficii causâ*, « par
récompense », pour leurs services militaires.
(1) Les anciens plantaient

pour trophée un grand arbre
dépouillé de ses branches, et
ils y attachaient les armes
des ennemis qu'ils avaient

sort, a élevé des trophées (1) dans la Macédoine. Tous les peuples ont voulu que ces trophées fussent des témoignages et des monumens publics des grands exploits militaires et des victoires remportées : pour notre général, qui agit toujours à contre-temps, c'est parce qu'il a perdu des villes, laissé tailler en pièces ses légions, privé sa province de secours et du reste des soldats, qu'à la honte immortelle de sa race et de son nom, il a fait élever ces funestes monumens ; et même afin qu'on pût graver et inscrire quelque chose sur la base de ses trophées, en partant de Durazzo, où il venait d'arriver, il fut investi de ces mêmes soldats, quoique peu de temps auparavant, il eût répondu à Torquatus qu'il les avait licenciés par récompense. Après leur avoir engagé sa parole avec serment qu'il leur paierait le lendemain tout ce qui leur était dû, il se cacha dans une maison : en étant sorti au milieu de la nuit en sandales et en habit d'esclave, il monta dans un vaisseau, se détourna de Brindes, et alla jusqu'aux dernières extrémités de la mer Adriatique (2).

93. Cependant les soldats de Durazzo commencèrent à assiéger la maison où ils le croyaient encore, et s'imaginant qu'il était caché, ils l'entourèrent de feux. Les habitans de Durazzo, saisis de crainte, leur déclarèrent que leur général s'était enfui la nuit en pantoufles (3) : ce fut alors que sa statue qui lui ressemblait fort, et qu'il avait fait élever dans la place la plus remarquable, pour ne pas laisser périr la mémoire d'un homme si doux, fut détruite, renversée, mise en pièces, et réduite en poudre par ces soldats : ainsi la haine qu'ils avaient eue pour lui, ils la déchargèrent sur sa statue et sa ressemblance.

94. Les choses étant ainsi, je ne doute point que, me voyant instruit de tout ce qu'il y a de plus affreux en vous, vous ne croyiez plus que la moitié et la multitude de vos crimes a échappé à ma connaissance.

vaincus.

(2) Le golfe de Venise, partie de la Méditerranée.

(3) Pison quitta les habits et la chaussure Romaine, pour se chausser et s'habiller à la manière des Grecs.

mihi esse inauditam. Nihil est, quòd me hortere (a);
nihil est, quòd invites : admoneri me satis est : ad-
monebit autem nemo alius, nisi reipublicæ tempus :
quod mihi quidem magis videtur, quàm tu unquam
arbitratus es, appropinquare.

Cicéron n'attend que l'adoption de la loi judiciaire pour

XXXIX. Ecquid vides, ecquid sentis, lege judi-
ciariâ latâ, quos posthac judices simus habituri ? non
æquè legetur, quisquis voluerit ; nec, quisquis no-
luerit, non legetur : nulli conjicientur in illum ordinem, nulli eximentur : non ambitio ad gratiam, non
iniquitas ad simultatem conjicietur (b) : judices judi-
cabunt ii, quos lex ipsa, non quos hominum libido
delegerit. Quod quum ita sit, mihi crede, neminem
invitus invitabis (c) : res ipsa, et reipublicæ tempus
aut me ipsum, quod nolim (d), aut alium quempiam,
aut invitabit, aut dehortabitur.

PÉRORAISON.

L'orateur répète ce qu'il a déjà dit, que la condamna-
tion, l'exil, la mort même ne sont pas de véritables
supplices, quand celui qui les souffre ne les a pas

95. Equidem, ut paulò antè dixi, non eadem

(a) *Quòd me hortere*,
sous-entendez *ut tibi nomen*
deferam, « à me rendre délateur contre vous », à vous
accuser.

(b) *Non ambitio ad gra-*
tiam, non iniquitas ad si-
multatem conjicietur, « la
brigue ne pourra plus coo-
pérer à leur choix pour favo-

riser ; l'iniquité ne trouvera
plus les moyens de satisfaire
ses ressentimens ».

(c) *Neminem invitus in-*
vitabis, « vous n'engagerez
personne à vous accuser ».
Invitus, malgré vous, du
bout des lèvres, par allusion
à ce que l'orateur a dit plus
haut, que Pison balbutiait en

Rien ne vous oblige de m'exhorter; il ne vous sert de rien de m'inviter à vous accuser, il suffit que l'on m'avertisse, et personne ne m'avertira, que le temps convenable à la République : ce temps me paraît être bien plus près que vous ne l'avez cru jusqu'ici.

accuser Pison : avantages de cette loi. Cette accusation, d'ailleurs, dépendra des conjonctures.

XXXIX. Ne voyez-vous pas, ne pressentez-vous pas, la loi judiciaire (1) étant reçue, quels juges nous aurons désormais? On ne choisira pas indifféremment tous ceux qui voudront l'être; on pourra même choisir ceux qui s'en soucieront peu. On ne sera point admis dans cet ordre, on n'en sera point retranché à son gré. La brigue ne coopérera pas à leur choix pour favoriser, ni l'injustice pour faire tort. On aura pour juges ceux que la loi elle-même, et non la passion des hommes, aura choisis. Puisque cela est ainsi, croyez-moi, vous n'engagerez personne à vous accuser. L'affaire elle-même et les conjonctures où la République se trouvera, m'y engageront, ce que je ne voudrais pas, ou y engageront ou en détourneront tout autre.

PÉRORAISON.

mérités. Exemples de citoyens vertueux injustement condamnés, et de scélérats renvoyés absous.

95. Pour moi, comme je l'ai déjà dit, je ne regarde

lui faisant cette demande.

(d) *Quod nolim*, « ce que je ne voudrais pas »; par considération pour César, qui était gendre de Pison, et ami de l'orateur.

(1) C'était une loi établie par le préteur Aurélius Cotta, afin que désormais les juges fussent choisis entre les sénateurs, les chevaliers et les tribuns du trésor public. Pompée, dans son second consulat, temps où ce discours fut prononcé, avait aussi établi une autre loi confirmative, afin que ce choix se fît avec toutes les formalités requises.

* 6

supplicia esse in hominibus existimo, quæ fortasse
plerique, damnationes, expulsiones, neces denique
nullam mihi pœnam videtur habere id, quod accidere innocenti, quod forti, quod sapienti, quod bono
viro et civi potest. Damnatio ista, quæ in te flagita-
tur, obtigit P. Rutilio, quod specimen habuit hæc
civitas innocentiæ : major mihi judicum, et reipublicæ pœna illa visa est, quàm Rutilii. L. Opimius
ejectus est e patria, is, qui prætor et consul, maximis rempublicam periculis liberârat : non in eo, cui
facta est injuria, sed in iis, qui fecerunt, sceleris ac
conscientiæ pœna permansit. At contra bis Catilina ab-
solutus : emissus etiam ille auctor tuus provinciæ (a).
Quis fuit in tanta civitate, qui illum incesto libera-
tum, non eos, qui ita judicârunt, pari scelere adstric-
tos arbitraretur?

*La haine générale a déjà condamné Pison; sa vue et
son nom font horreur à tout le monde. Par l'énumération rapide d'une partie des crimes qu'il a déjà reprochés à son ennemi, l'orateur fait voir combien est
légitime la haine qui l'accable. Il s'est condamné*

XL. An ego exspectem, dum de te quinque et
septuaginta tabellæ diribeantur (b), de quo jampridem

(a) *Ille auctor tuus, etc.,*
« celui-là même qui vous
donna votre province ». Clodius.

(b) *Dum de te quinque et
septuaginta tabellæ diri-
beantur,* mot-à-mot, que soixante-quinze bulletins aient
été donnés pour votre con-

damnation », que vous ayez
été condamné par soixante-
quinze voix. La loi que
Pompée avait établie tou-
chant les affaires judiciaires,
ordonnait que la cause serait
examinée et jugée par 75
juges.

(1) Il fut condamné comme

pas, ainsi que peut-être la plupart le font, comme de véritables supplices pour les hommes, la condamnation, l'exil, la mort. Enfin, il me paraît qu'on ne doit nullement regarder comme une punition, ce qui peut arriver à un homme innocent, à un homme courageux, à un sage, à un homme de bien, à un citoyen vertueux. Cette condamnation que l'on demande avec empressement contre vous, a été le sort de P. Rutilius (1), qui fut dans cette ville un vrai modèle d'innocence. La punition m'a paru plutôt tomber sur la République et les juges, que sur Rutilius. L. Opimius (2) fut exilé, lui qui, pendant sa préture et son consulat, avait délivré la République des plus grands périls. Ce n'est pas sur celui qui a souffert l'injure, c'est sur ceux qui l'ont faite, que la punition du crime et du reproche intérieur est restée imprimée. Catilina, au contraire, fut renvoyé deux fois absous (3) : celui qui vous fit gouverneur de votre province, fut renvoyé de même. Qui, dans cette grande ville, l'a cru justifié d'inceste; qui, au contraire, ne regarda pas comme coupables du même crime, ceux qui l'avaient absous?

lui-même par son retour ignominieux de la Macédoine, et son entrée clandestine dans Rome. Quel homme peut être plus condamnable que Pison, lui qui, nourrissant le désir du triomphe, n'a osé ni écrire au sénat, ni lui dire de vive voix qu'il avait bien servi la République.

XL. Attendrai-je que l'on ait distribué, pour vous condamner, soixante-quinze bulletins, puisque tous les hommes de tous les états, de tous les âges, de tous

concussionnaire par les chevaliers Romains, qui le haïssaient.

(2) Il avait pris la ville de Frégelle étant préteur, et par ce moyen, il avait réprimé tous les alliés mal intentionnés dans le Latium. Il avait de plus opprimé C. Gracchus

dans la sédition : la haine que cette conduite lui avait attirée, le fit exiler quelque temps après.

(3) Catilina fut absous, la première fois du crime d'inceste, et la seconde fois du crime de concussion.

omnes mortales omnium generum, ætatum, ordinum,
judicaverunt? quis enim te aditu, quis ullo honore,
quis denique communi salutatione dignum putet?
Omnes memoriam consulatûs tui, facta, mores,
faciem denique, ac nomen a republica detestantur:
legati, qui unà fuêre (a), alienati: tribuni militum
inimici: centuriones, et si qui ex tanto exercitu reliqui milites exsistunt, non dimissi abs te, sed dissi-
pati, te oderunt, tibi pestem exoptant, te exsecrantur.
Achaia exhausta: Thessalia vexata: laceratæ Athenæ:
Dyrrachium, et Apollonia exinanita: Ambracia di-
repta: Parthini, et Bullidenses illusi: Epirus excisa:
Locri, Phocii, Bæotii, exusti: Acarnania, Amphi-
lochia, Perrhæbia, Athamanumque gens, vendita:
Macedonia condonata barbaris: Ætolia amissa: Dolopes, finitimique montani oppidis atque agris extermi-
nati: cives Romani, qui in iis locis negotiantur, te
unum, solum, suum depeculatorem, vexatorem, præ-
donem, hostem, venisse senserunt.

97. Ad horum omnium judicia tot, atque tanta,
domesticum judicium (b) accessit sententiæ damnatio-
nis tuæ: occultus adventus, furtivum iter per Italiam,
introitus in urbem desertus ab amicis, nullæ ad se-

(a) *Qui unà fuêre*, « qui ont été sous vos ordres », vos lieutenans, que vous avez outragés, et qui, tels que Val. Flaccus et Q. Martius, n'ont pas même voulu aller à votre rencontre, *Tribuni militum*, ces tribuns que vous avez rejetés.

(b) *Domesticum judicium*, « la condamnation que vous avez rendue contre vous-même et contre vos amis », puisque vous avez tous gardé le silence sur ce qui s'est fait dans votre province, et que vous vous êtes caché à votre retour.

(1) Province du Péloponèse, dont la capitale était Corinthe. L'Achaïe est aujourd'hui la *Livadie*, dans la Morée.

les ordres vous ont jugé il y a déjà long-temps ; car, qui est-ce qui croit que vous méritez qu'on vous aborde, qu'on vous honore, enfin qu'on vous salue en passant ? Le souvenir de votre consulat, de vos actions, de vos mœurs, enfin votre vue et votre nom, font horreur à tous les républicains. Vos lieutenans vous ont abandonné ; les tribuns militaires sont devenus vos ennemis ; les centurions, et le peu de soldats qui restent d'une si grande armée, soldats que vous avez plutôt dissipés que congédiés, vous haïssent, vous souhaitent la mort, vous ont en exécration. L'Achaïe (1) épuisée, la Thessalie (2) ravagée, Athènes (3) délabrée, les villes de Durazzo (4) et d'Apollonie (5) ruinées entièrement, l'Ambracie pillée, les Parthins, les Bulliens (6) insultés ; l'Epire (7) renversée de fond en comble ; les Locriens (8), les Phocéens, les Béotiens brûlés ; les villes d'Acarnanie (9), d'Amphilochie (10), de Perrhébie (11), et la nation des Athamanes (12) vendues ; la Macédoine livrée aux Barbares ; l'Étolie perdue ; les Dolopes et leurs voisins, qui habitent les montagnes, chassés de leurs villes et de leurs terres ; enfin, tous les citoyens Romains qui négocient en ces contrées, ont reconnu que vous êtes venu dans ces quartiers uniquement pour les voler, les tourmenter, les piller et les traiter en ennemis.

97. A la multitude des jugemens si considérables de toutes ces nations, se joint le vôtre et celui de vos amis ; ils seront l'arrêt de votre condamnation : votre secrète arrivée, votre marche furtive par toute l'Italie, votre entrée dans cette ville sans être accompagné de vos amis, nulle lettre adressée au sénat de la part de votre pro-

(2) Contrée de la Macédoine.

(3) Ville de Grèce, entre la Macédoine et l'Achaïe.

(4) Ville métropole de l'Épire, dans la Macédoine, aujourd'hui village.

(5) Ville de Macédoine.

(6) Deux peuples de Macédoine.

(7) Région de la Grèce, auprès du fleuve Achéloüs, au septentrion de la Macédoine.

(8) Peuple de l'Achaïe, ainsi que les Phocéens.

(9) Petit pays de l'Epire.

(10) Ville de l'Acarnanie.

(11) Ville de Thessalie.

(12) Peuples de l'Etolie.

natum e provincia litteræ, nulla ex trinis æstivis (*a*)
gratulatio, nulla triumphi mentio : non modò quid
gesseris, sed ne quibus in locis quidem fueris, dicere
audes. Ex illo fonte et seminario triumphorum, quum
arida folia laureæ retulisses, quum ea abjecta ad portam (*b*) reliquisti, tum tu ipse de te *fecisse videri* pro-
nuntiavisti : qui si nihil gesseras dignum honore, ubi
exercitus? ubi sumptus? ubi imperium? ubi illa uberrima supplicationibus, triumphisque (*c*) provincia?
sin autem aliquid sperare volueras, si cogitaras id,
quod imperatoris nomen, quod laureati fasces, quod
illa tropæa, plena dedecoris et risûs (*d*), te commen-
tatum esse declarant, quis te miserior, quis te damna-
tior, qui neque scribere ad senatum, a te bene rempublicam esse gestam, neque præsens dicere ausus
es ?

La réputation et l'honneur dépendent du sentiment gé-
néral des citoyens : les nombreuses victimes de Pi-
son le jugent digne de toutes sortes de supplices.
Trouverait-il des cœurs ouverts à l'indulgence, lui
qui se hait et se condamne lui-même, et qui n'ose con-
fier sa cause à personne? Quant à l'orateur, il n'a
jamais souhaité qu'on fît mourir Pison; mais il a

XLI. An tu mihi, cui semper ita persuasum fue-

(*a*) *Ex trinis æstivis,*
« sur vos trois campagnes »,
parce que le temps de l'été
est plus convenable aux opé-
rations militaires. Ces expressions peuvent s'entendre des
trois années que dura le gouvernement de Pison.

(*b*) *Ad portam,* « à la

porte de la ville », celle dite
Esquiline, dont l'orateur a
parlé plus haut.

(*c*) *Uberrima supplicatio-*
nibus triumphisque, « qui a
valu aux autres tant d'honneurs et tant d'actions de
grâces »; dont triomphèrent
T. Flamininus, L. Paulus,

vince, nulle félicitation sur vos trois années de gouvernement, nulle mention du triomphe : non seulement
vous n'osez faire le récit de vos actions, vous n'osez
pas même parler des lieux où vous avez été. Comme de
cette source et de cette pépinière de triomphes, vous
n'avez rapporté que des feuilles de lauriers desséchées,
comme même vous les avez laissées avec mépris à la porte
de la ville, vous avez prononcé vous-même que vous *pa-
raissiez coupable* (1). Or, si vous n'avez rien fait qui
mérite les honneurs militaires, à quoi vous ont servi
vos troupes, vos dépenses, votre commandement, une
province si propre à procurer des actions de grâces et
des triomphes ? Mais, si vous avez voulu prétendre à
quelque chose, si vous avez pensé à ce que votre nom
de général, vos faisceaux ornés de lauriers, vos trophées, aussi déshonorans que risibles, font voir que
vous avez désiré, peut-on être plus misérable, plus condamnable que vous, qui n'avez osé ni écrire au sénat,
ni lui dire de vive voix que vous avez bien servi la République ?

*désiré voir son ennemi réduit au dernier degré d'humi-
liation : il l'a vu, et il s'en réjouit. Sa mort, suite
d'une condamnation légitime, ne lui ferait pas de
peine ; mais il aime encore mieux le voir privé d'honneur et toujours dans la crainte d'une accusation qu'il
redoute, que délivré de cette même crainte par un
jugement quelconque.*

XLI. Me l'oserez-vous dire, à moi qui ai toujours

Q. Métellus, Tit. Didius, et tant d'illustres personnages.
(d) *Plena dedecoris et risûs*, « ces trophées honteux et ridicules », parce qu'ils n'étaient pas des marques de la victoire, mais de la perte des villes.

(1) Formule dont se servait le préteur en prononçant contre un accusé pour crime. Il ne disait pas que celui-ci avait commis le crime, mais seulement qu'il lui paraissait l'avoir commis.

rit, non eventis, sed factis, cujusque fortunam pon-
derari, dicere audes, neque in tabellis paucorum judicum, sed in sententiis omnium civium, famam nos-
tram, fortunamque pendere? te indemnatum videri
putas, quem socii, quem fœderati, quem liberi populi, quem stipendiarii, quem negotiatores, quem
publicani, quem universa civitas, quem legati, quem
tribuni militares, quem reliqui milites, qui ferrum,
qui famem, qui mortem effugerunt, omni cruciatu dignissimum putant? cui non apud senatum, non apud
ullum ordinem, non apud equites Romanos, non in
urbe, non in Italia, maximorum scelerum venia ulla
ad ignoscendum dari possit? qui se ipse oderit, qui
metuat omnes, qui suam causam nemini committere
audeat, qui se ipse condemnet?

99. Nunquam ego sanguinem expetivi tuum : nunquam illud extremum, quod posset esse improbis et
probis commune (a), supplicium legis ac judicii, sed
abjectum, contemptum, despectum à cæteris, a te ipso desperatum et relictum, circumspectantem omnia;
quidquid increpuisset, pertimescentem, diffidentem
tuis rebus; sine voce, sine libertate, sine auctoritate,
sine ulla specie consulari; horrentem, trementem,
adulantem omnes (b), videre te volui : vidi (c). Quare, si tibi evenerit, quod metuis (d), ne accidat;
equidem non molestè feram : sin id tardiùs fortè fiet,
fruar tamen tuâ indignitate; nec minùs libenter me-

(a) *Improbis et probis commune*, « ce qui peut être commun aux méchans et aux gens de bien », puisqu'on a vu des juges iniques con-damner les meilleurs citoyens, tels que Rutilius, Opimius et tant d'autres.

(b) *Adulantem omnes*,

« reduit à flatter tout le monde », ce qui était le comble de l'humiliation pour un homme qui avait exercé le pouvoir avec tant de hauteur. Plusieurs éditions portent *omnibus*.

(c) *Vidi*, « je l'ai vu ». Que de force dans cette expres-

été persuadé que c'est moins par les succès que par les actions, qu'on doit juger des qualités de chaque personne; et que c'est, non des suffrages de quelques juges, mais du sentiment général des citoyens, que dépend notre réputation et notre honneur? Croyez-vous paraître n'avoir point été condamné, vous que les alliés, les confédérés, les peuples libres, les tributaires, les négocians, les fermiers publics, toute cette ville, les lieutenans, les tribuns militaires, vos soldats, qui se sont dérobés à l'épée, à la faim, à la mort, jugent tout-à-fait digne de toutes sortes de supplices? vous, en faveur de qui vos crimes énormes n'ont laissé aucun sentiment d'indulgence, ni parmi les sénateurs, ni dans aucun ordre, ni parmi les chevaliers Romains, ni dans cette ville, ni dans toute l'Italie? Que penser enfin d'un homme qui se hait lui-même, qui redoute tout le monde, qui n'ose confier sa cause à personne, qui, tout le premier, se condamne lui-même?

99. Je n'ai jamais souhaité que l'on vous fît mourir; je ne vous ai jamais souhaité ce dernier supplice, auquel les lois et les juges peuvent condamner les gens de bien comme les scélérats; mais j'ai désiré de vous voir rejeté, méprisé, regardé avec dédain de tous les autres, abandonné de vous-même, livré à votre désespoir, regardant de côté et d'autre, saisi de crainte au moindre bruit, vous défiant du succès de vos affaires, sans voix, sans liberté, sans autorité, sans aucune apparence d'un homme consulaire, saisi d'horreur, tout tremblant, l'adulateur de tous les hommes : je vous ai vu dans tous ces états. C'est pourquoi, si ce que vous craignez vous arrive, je n'en serai point à la vérité fâché: mais, si par hasard tout ceci est différé, j'aurai néanmoins la satisfaction de vous voir dans la bassesse; je ne vous verrai pas moins volontiers appréhendant d'être accusé,

---

sion! comme elle peint bien toute la satisfaction qu'éprouvait l'orateur, en voyant son ennemi réduit à cet état d'abjection, qui faisait depuis long-temps l'objet de ses vœux.

(d) *Quod metuis*, « ce que vous craignez », c'est-à-dire, d'être accusé du crime de concussion.

tuentem videbo, ne reus fias, quàm reum; nec minùs lætabor, quam te semper sordidum, quàm si paulisper sordidatum (a) viderem.

(a) *Paulisper sordidatum,* « quelque temps en habit de suppliant ». L'orateur, par esprit de vengeance, aime mieux que Pison reste toujours dans l'infamie; *semper sordidum,* que de le voir paraître un instant devant ses juges,

FINIS.

que si vous l'étiez juridiquement : j'aurai autant de plaisir à vous voir toujours sans honneur, que j'en aurais à vous voir quelque temps en robe mal-propre et de suppliant.

revêtu de ces habits lugubres que portaient les accusés, et courir la chance d'une décision qui le délivrerait, peut-être, de toute crainte pour l'avenir.

FIN.

CHEZ LE MÊME LIBRAIRE.

Cours de Latinité , *ou* Extraits des Auteurs latins , accompagnés des meilleures traductions françaises, pour fournir des matières de Thêmes , de Versions ou de Compositions aux Professeurs de *Sixième* , de *Cinquième* , de *Quatrième* , de *Troisième* , de *Seconde* et de *Rhétorique* , par l'abbé Paul, *Paris* , 5 vol. *in*-12 ; *nouvelle édition* , revue, corrigée , et mise dans un meilleur ordre , par M. E. P. Allais.

Dialogus de Oratoribus, C. Tacito vulgò inscriptus , *latin-français en regard* , Paris , *in*-12.

Fables choisies d'Ovide , extraites des Fastes, *latin-français en regard* , avec des notes françaises pour les Élèves , *in*-12.

Fables (recueil de) , par *Fénélon* , traduites en latin par deux Professeurs, *latin-français en regard* , Paris , *in*-12.

Fables et Descriptions d'Animaux , en latin élémentaire , *à l'usage des Sixièmes et des Cinquièmes* , par l'abbé Paul ; *nouvelle édition* , *latin-français en regard* , par M. Masselin , *Paris* , *in*-12.

Faerni Fabulæ centum , quibus accesserunt imitationes poeticæ , et Historiæ sacræ compendium gallicum latinè vertendum ; *latin-français en regard* , à l'usage des Élèves, operâ et studio J. S. J. F. Boinvilliers , *Paris* , *in*-12.

Flos Latinitatis, ex auctorum latinæ linguæ principum monumentis excerptus, etc. , auctore P. F. P. è Societate Jesu ; nova editio, accuratissimè recognita ab uno e Professoribus Academiæ Parisiensis, *Paris* , *in*-12.

INV

X

www.ingramcontent.com/pod-product-compliance
Lightning Source LLC
Chambersburg PA
CBHW071229260626
47162CB00004B/1482